「チーズオムレツが、食べたいであります!!」
断る!!」
聖女じゃなかったので、王宮でのんびりご飯を作ることにしました
seijo ja nakattanode, oukyu de nonbiri gohan wo tsukurukotonishimashita
3

「【鑑定】で食用って出てるし食べるよ？」
「【瘴気】に触れた魔物を食べるのは……」
野原莉奈《のはらりな》
副料理長・マテウス

近衛師団長・ゲオルグ
「ロ、ロック……バード——!?
冗談ですよね？」
エギエディルス皇子
「……どう致しますか？」
「どうもこうもねぇだろう」
シュゼル皇子
フェリクス王

「瞳は黒くてキラキラしててキレイだし、
鱗も艶々していてカッコイイ」
「そうだろう……そうだろう」
莉奈の純粋な誉め言葉に、
上機嫌でウンウンと頷く漆黒の竜。

聖女じゃなかったので、王宮でのんびりご飯を作ることにしました

seijo ja nakattanode, oukyu de nonbiri gohan wo tsukurukotonishimashita

3

神山りお
ill. たらんぼマン

口絵・本文イラスト
たらんぼマン

装丁
木村デザイン・ラボ

第1章　近衛師団師団長ゲオルグ

時の流れというのは早いものだ。召喚されてから二ケ月が経《た》とうとしていた。

早いと感じるのだから、それだけ充実した生活が送れているという事。

弟みたいなエギエディルス皇子と、母の様なラナ女官長。友人みたいな侍女モニカ。

リック料理長達と一緒に料理をするのも楽しいからだ。

シュゼル皇子は甘味さえ関わらなければ、信頼出来る兄の様な存在。

フェリクス王は……父の様であり、兄の様であり……。

あ〜〜っ‼

莉奈《りな》は頭をゴンゴンと振っていた。

フェリクス王の事を考えると、自分でもよく分からない気持ちになったからだ。

「お前どうした？」とエギエディルス皇子の怪訝《けげん》そうな視線を感じ、莉奈は現実に引き戻された。

——そうなのだ。莉奈は今、王の執務室にいた。

相変わらず色々とやらかした莉奈は、執事イベールに見つかり、王の耳にも入り、叱責……とまではいかないが、厳重注意を受けていたのだ。

さすがの莉奈もゲッソリしていた。

「戻っていい」

精神疲労の見える莉奈の様子にフェリクス王は笑いを隠しながら言った。

ここで笑ってしまえば、折角の説教が台無しになるからだ。

「はい」

罰として王とシュゼル皇子に〝カクテル〟を、エギエディルス皇子にはミックスジュースを提供する事となった。私欲が罰に含まれているのはどうだろうと内心思いつつ莉奈は頷《うなず》いたのであった。

莉奈が執務室から退出しようとしたその時、扉の外からノック音が響いた。


「近衛師団師団長、ゲオルグ＝ガーネット馳《は》せ参《さん》じました‼」

扉の外で、野太い声が聞こえた。

警備兵ではなく、本人が直接、声を出した様だ。

近衛師団‼

莉奈は、内心興奮していた。

警備兵達を見ていただけでも、怖いよりカッコいいとテンションが上がっていたのに……。近衛師団長だ、それが生で見られるなんて眼福ものでしかない。

フェリクス王が執事のイベールに目配せすれば、イベールは無言で扉を開けた。

「御兄弟、団欒《だんらん》の処、失礼致します」

執務室に数歩入ると、ゲオルグ師団長は頭を深々と下げ、フェリクス王の言葉を待つ。

うっわ……背高っ。

莉奈は、一瞬ポカーンとしてしまった。

第一印象はまずそれ。フェリクス王も背は高いが、たぶんそれを上回るほどだ。２００センチはある。

次にゴリゴリではないが、やはりイイ体躯《たいく》をしていると思った。

引き締まった筋肉が、服の上からでも見てとれる。さすが軍人。

年は……40前後？　顔は失礼だが、普通。フェリクス王達と比べれば、誰《だれ》でも普通だけどね。

「……兄弟、団欒でもねぇが……」

顔を上げろと許可を出し、フェリクス王は、チラリと莉奈を見た後、シュゼル皇子も見た。

莉奈と末弟はともかく、シュゼル皇子は、勝手に居着いていただけで、団欒していた覚えはないからだろう。

「失礼とは存じますが、そちらのお嬢さんが、異世界から来てしまったお嬢さんですか？」

莉奈の存在に気付いたゲオルグ師団長は、確認も兼ねて訊《き》いてきた。そう、時空間の歪《ゆが》みによって、異世界に来てしまった事になっている。

ちなみに、エギエディルス皇子が莉奈を召喚したって事を知っているのは、ここにいる人達を除けば、魔法省長官のタール、ラナ女官長とモニカくらいだ。

皇子と一緒に喚《よ》んだ魔導師達は、知っていて当然だから、頭数には入れないが。

なぜ、召喚した事を公にしないか……というと、他国に知られると面倒だから……だそう。

【聖女】を召喚しようとした……っていう事実が問題だとか。

本当に、聖女を喚ぼうとしたのか？

もしかして、本当は【勇者】を喚ぼうとしてたのでは？

そういう要らぬ勘繰りをされては厄介なのだ。

魔物を殲滅《せんめつ》出来るかもしれない勇者は、軍事利用も出来る。

本来、軍事利用が目的で、勇者を喚ぼうとして失敗。それをカモフラージュするために、聖女を喚んだ事にしていたのでは……と。

事実無根だとしても、召喚儀式をしたのは事実だし、本当に聖女を喚ぼうとしていた事、それを証明する術が何一つとない。

まぁ、そもそもフェリクス王がいる限り、勇者を呼ぶ必要もなさそうだけど。

だって、勇者より遥《はる》かに強そうだし。だから、エギエディルス皇子も【勇者】ではなく【聖女】を、喚ぼうとしてた訳だから。

とはいえ余計な詮索《せんさく》はされない様に、火種は作らないに越した事はない。

だが、王の身辺に、異世界から来た娘とはいえ見知らぬ女がいれば、色々と気になるのは当然だ。

「……あぁ」

フェリクス王に視線で促され、

「リナ＝ノハラと申します。以後、リナとお呼び下さい、ガーネット様」

莉奈は立ち上がり深々と頭を下げた。

「ハハハ……〝様〟は結構だ。リナ嬢」

その風体に似合うくらい、豪快に笑うゲオルグ師団長。

……リナ嬢⁉

「いえ、ただのリナでお願いします」

嬢なんか付けられても、背筋がゾゾッとするだけだ。

そんな風に呼ばれた事がないので、ハッキリ言って、気持ちが悪い。

「では、リナ殿」

「呼び捨てで……」

殿も、気持ちが悪い。

「ハハハ！　……では、私の事も是非〝ゲオルグ〟とお呼び下さい」

……なんでだよ。

「呼びませんよ。ゲオルグさんは、敬語も結構です」

自分も呼び捨てでイイと言うゲオルグ師団長を莉奈は一蹴《いっしゅう》した。

なぜ、初めて会ったお偉いさんを、呼び捨てに出来ると思うかな？

なおも、呼び捨てでイイという師団長に、なんとかさん付けで妥協してもらう。

「ハハハ……謙虚なお嬢さんだ」

「…………はぁ」

莉奈は気のない返事をした。

謙虚とか、そういう話ではないと思う。

「いやぁ、しかし……あなたのおかげで、食事が美味《おい》しい美味しい、皆リナに足を向けて寝られないと、感謝しているよ」

「さようでございますか」

自分がこの世界の食事に、満足出来ずに勝手に始めたのだから、気にする必要はないのだけど……。

「部下が、この間食べたチーズオムレツが、至極旨《うま》かったと、自慢気に話すものだから、気になって気になって……」

莉奈を、チラチラと意味ありげに見る。

師団兵は警備兵と、兼任している人が多いとラナ女官長が言っていたから、たまたま部下が居合わせていたのだろう。

「……さようでございますか」

何かを訴えているゲオルグ師団長を、莉奈はスルーした。

「そうなんだよ……だから、気になって気になって‼」

それを知ってか知らずか、さらに強調してきたゲオルグ師団長。

作れ、食わせてくれ……って、訴えてるに違いない。

「さようでございますか」

だけど……スルーする。

だって、戻ったらエギエディルス皇子のミックスジュースは作らなきゃだし、カクテルも作らなきゃだし、これでも忙しいのだ。

「さようで、ございますんだよ‼」

莉奈が、一向に〝作りましょうか〟と言ってくれないので、シビレを切らしたゲオルグ師団長は、莉奈の両肩をガシリと掴《つか》み、前後に揺らし始めた。

「あ～～」

莉奈は、されるがままだった……というか、何も出来なかった。

軍人であるゲオルグに、両肩をガッシリとホールドされ、揺らされ、逃げられる訳がない。

これ、お子様にやったら絶対イカンやつ。

脳ミソが揺れる～～～。

「オイ‼　リナを揺さぶり殺す気か⁉」

本気でヤバくなってきた莉奈を見て、エギエディルス皇子が止めに入った。入ってくれた。

「え？　おや、失礼」

エギエディルス皇子に言われ、ゲオルグ師団長は、やっとその手を離した。脳ミソを激しく揺らされた莉奈の意識が、飛び始めていた事にやっと気付いた様だ。

「大丈夫か、リナ？」

もはや、泡を吹く一歩手前な莉奈の顔を、エギエディルス皇子が、心配そうに覗《のぞ》いた。

「…………ダイジョバナイ」

本気で揺さぶられていないにしても、頭が首がグワングワンする。さすがは軍人。

本気で揺さぶられていたら、間違いなく首がもげていたに違いない。

「ハハハ……。リナは大袈裟《おおげさ》だな」

高々と笑うゲオルグ師団長。

ダメだこりゃ。

とりあえず、笑っとけばどうにかなる……って思っているタイプだ。体格の差、半端ないんですけど？

私の頭、あなたのお腹《なか》の位置にあるの、わかってます……？

それくらい差があるのに、揺さぶったらダメでしょうよ。

「大袈裟違う」

莉奈は断言した。

マジでクラクラしているし。された事がないから、わからないのでしょうけど。

「仕方がないな……ほら、ポーションだ」

ゲオルグ師団長は仕方なさげに、はぁ……とため息を吐《つ》くと、腰に提げた魔法鞄《マジックバッグ》からポーションを取り出した。

……そういう問題ではない。

莉奈は反論を諦《あきら》め、無言でそれを頂き自分の魔法鞄《マジックバッグ》にしまった。

いちいち、ポーションで済まそうとするこの異世界。確かに便利だけど、それに染まるとシュゼル皇子の二の舞だ。

使わなくても平気なら、極力使いたくはない。頂ける物なら、慰謝……保険としてもらいますけど。

「飲まないのかい？」

ゲオルグ師団長は使わずにしまったから、疑問に思ったらしい。

「酷《ひど》い様なら飲みますよ」

「リナは、我慢強いんだな」

ハハハ……と高笑いしていた。

すみません、我慢させる様な行動……しないで頂けるかな？

「いやぁ、しかし、チーズオムレツはどんな味がするのかね？」

余程食べたいのか、まだ言うゲオルグ師団長。

だが莉奈は、作りたい気分ではない。

「卵とチーズの味がする」

「それぐらいは、想像出来る‼　そうではないんだ‼」

そっけなく言った莉奈に、ゲオルグ師団長はなおも食い下がる。あくまでも、作りましょうか……と言わせたいらしい。

なんで、作って欲しいと素直に言わないのかね？　作りたくはないけど。

「そうなんですか？　では陛下、殿下、私はこれで失礼致します」

こっちからは絶対、作りましょうか……なんて言わないからね？

莉奈は、ゲオルグ師団長の言ってる事を、あたかも知りません、わかりません……という体にして執務室から出ようとした。

「うわっ、うわっ、うわっ‼」

ゲオルグ師団長は、慌てて莉奈の右手首を掴んだ。

「あの？」

と白々しくキョトンとしてみせる。止めた理由はわかってますけどね。

「どうして、わかってくれないんだ‼」

とうとう、眉毛《まゆげ》をハの字にして切実に訴えてきた。

面倒くさいなぁ、察してちゃんかよ。

莉奈は、いよいよ面倒臭がり始めていた。

フェリクス王達は、ハッキリ言わないゲオルグに呆《あき》れているようだった。

「ゲオルグ……食べたいのなら、ハッキリそう言わなければダメですよ？」

やり取りを微笑《ほほえ》ましく見ていたシュゼル皇子が、優しく諭した。

「お前……どの口で言っている？」

先程、自分も言わなかったクセに、何を言っているのだ……とフェリクス王。

「この口ですが？」

何か？　とシュゼル皇子はニコリ。

「………………」

フェリクス王は、当たり前の様に言う弟に、何も返す気力が起きなかった。

「リ……リナ」

逃がさない様に腕を掴んだままゲオルグ師団長は、なんだかモジモジ。その巨体でモジモジするの、ヤメテもらってイイかな？　ギャップ萌《も》え……キモい‼

「…………」

莉奈は呼ばれていたが、顔を一切上げなかった。

この至近距離でゲオルグ師団長の顔を見上げると、首が間違いなく直角になるので、目の前にある胃の辺りを見ていた。だって、見上げるの大変だし……疲れるし。

「……お前……ドコ見てるんだよ？」

莉奈がゲオルグ師団長の顔……ではなく、真っ正面を見ているからだ。不自然過ぎてエギエディルス皇子が、怪訝《けげん》気味に訊《き》いてきた。

「軍人ゲオルグの胃」

「なんでだよ」

ツッコミを入れたエギエディルス皇子が、さらに不審がる。

それもそうだ、人と会話しているのに、胃を見て話すなんてオカシイ。

「エド、考えてみて？　この距離で見上げたら、私の首が間違いなくもげる」

あくまでも上は見ないで言った。フェリクス王は王様だし、こんな至近距離で話す事がないから、まだ少し痛いだけで済むけど……。

「あー……それな」

エギエディルス皇子は、苦笑いした。

王宮にいる大抵の人間が、エギエディルス皇子より背が高いのだから……気持ちはわかるのだろう。

「皆……背が同じになればいいのに……」

ため息混じりに、莉奈は呟《つぶや》いた。

そうすれば、上を見る事がないから楽だし首は安泰だ。全員同じ目線で、ものスゴく気持ちは悪いけど。

「は？　お前と同じサイズのフェル兄、逆に怖ぇし」

何を言ってるんだと、身震いするエギエディルス皇子。

たぶん、想像していたに違いない。ミニチュアサイズの国王陛下を……。

「ナゼ……リナのサイズで物事を考えた？」

フェリクス王は、心底イヤそうに言った。勝手に想像した挙げ句、そんな事を言われたからだ。

大体、背が同じ＝リナの背……ではないハズだ。

自分と同じサイズ……それを想像して、フェリクス王はそれはそれで、イヤすぎると渋面顔をしていた。

「全員ゲオルグサイズも、オカシくね？」

エギエディルス皇子も、似たような事を想像したのか、眉《まゆ》を寄せた。2メートル級の人間が、ゴロゴロ……もはや巨人の国である。

「そもそも、皆が同じサイズなのがオカシイのですよ？」

シュゼル皇子が、根本がオカシイと小さく笑っていた。莉奈が言った事を、二人が本気で想像している姿が面白かったのだ。

「……と、言う事で……私はこれにて失礼致します」

何事もなかった様に、莉奈は頭を下げ再び扉を目指す。散々な事を言っておいて、本人はシレッとしていた。

「どういう事なんだよ？」

何が〝と言う事〟だったのか、さっぱりであった。

エギエディルス皇子が、呆れた様に笑っていると、それに被る様に、野太い声が——。

「ちょっと待った〜〜‼」

慌てた様に、扉の前にデカイ男が行く手を阻んだ。その名は……ゲオルグ＝ガーネット。

「………………」

莉奈は、もう呆れ過ぎて言葉が出なかった。何がしたいの、この人。

もはや、巨体ではなく〝カベ〟だ。

扉を塞《ふさ》ぐ姿は、莉奈からしたら人ではなかった。

よし……ゲオルグのアダ名を〝ヌリカベ〟にしよう。

莉奈はゲオルグ師団長のアダ名を、人知れず〝ヌリカベ〟にしたのであった。

ちょっと待った……はいいが、その次の言葉を発しないゲオルグ師団長。〝愛の告白〟でもないのに、何故にそんなに〝食べたい〟が言えないのか。

「男なら、ハッキリせい‼」

莉奈は、イイ加減ハッキリしない、ゲオルグ師団長に言った。

それでも、この王宮を護《まも》る近衛師団の隊長か‼

「チーズオムレツが、食べたいであります‼」

「だが、断る‼」

ピシリと、敬礼して言ったゲオルグ師団長に、莉奈は、即刻却下。

忙しいのに、ハッキリ言わない男のためになんか、作ってやるものか。

「「えぇぇ～～～⁉」」

ゲオルグ師団長の驚き悲しそうな声に混じり、ナゼか、ものスゴく驚いたエギエディルス皇子の声が……。

たぶん、言ったら作ってあげるものだと、思っていたのだろう。

フェリクス王は、そう来るとは思わなかったのか、横を向いて笑いを堪えていた。

「……では、失礼して……」

ゲオルグ師団長を退かして、扉を開けようとする莉奈に、ゲオルグ師団長がさらに慌てた。

「ハッキリ言えって言ったから、言ったのに⁉」

ものスゴく、納得がいかない様だった。

「作るとは、言っていないでしょう?」

言ったら作るなんて、誰《だれ》が言いましたかね?

ハッキリ言わないから、ハッキリさせたかっただけですが……何か?

「……言って…………は……ない」

莉奈がなんと言っていたかを、頭の中で反芻《はんすう》しながら呟いた。

そう……ハッキリ言えとは言ったが……言ったら作るとは、一言も言ってはなかったのだ。

「リナ……なんだか可哀想《かわいそう》ですから、作ってあげたらいかがですか?」

シュゼル皇子が、ゲオルグ師団長の味方になってあげた様だった。さっきからあまりにも必死なので、可哀想になったのかもしれない。

ゲオルグ師団長は、瞳《ひとみ》をキラリと輝かせていた。強い後押しがきた！　と期待する顔だ。

「では……シュゼル殿下のカクテルは後――」

「ゲオルグ、諦《あきら》めなさい」

後回しにと莉奈が言い切る前に、シュゼル皇子が被《かぶ》せてきた。

最後まで言わせもしなかった。

「…………………え」

あまりの早変わりに、ゲオルグ師団長の時間が止まった。

たった今、強力な味方が出来たのは……幻の様だった。

「リナも忙しいのですよ。男らしく諦めなさい」

「うぇぇっ⁉」

シュゼル皇子の言葉に、ゲオルグ師団長は今度は変な声を上げた。先程、一瞬チラリと聞いた言葉はなんだったのか。耳も目も疑っていた。思考が追い付いていなかった。

「シュゼ兄……ひでぇ」

エギエディルス皇子は、兄のあまりの変わり様に呆れ顔《がお》だった。

作ってあげろと言った口で、諦めろと言う……それも、一分も経《た》たない内に。

「リナ、エギエディルスは後回しで――」

「シュゼ兄は、ひどくない‼」

エギエディルス皇子は、慌てて言い直した。

余計な一言で、要らぬとばっちりはゴメンだと。どうやら、こちらも後回しはイヤな様である。

「…………お前等」

フェリクス王は、部下にまったく譲る気もない弟二人に、呆れていた。ナゼ、そこまで食べる事に、執着する様になってしまったのか。

確かに、莉奈が作る飯は旨《うま》い……が、自分達はいつでも食えるだろう……と。

「不敬を承知で申しあげるならば、殿下お二人はいつでも作って貰《もら》えるのですし、今回ばかりはこのゲオルグに、お譲り戴《いただ》きたい‼」

諦められないのか、二人の皇子の扱いが納得いかないのか、ゲオルグ師団長は不敬を承知で、声を上げた。

「「却下‼」」

二人の皇子は、即刻却下を出した。

「………………う」

ゲオルグ師団長は、二の句を飲み込んだ。

二人の皇子に、否と言われてしまえば、もはやそれを打破出来る手立てが、ゲオルグ師団長にはなかった。

「……はぁぁっ」

長いため息が、まるで泣いている様に聞こえる。

ゲオルグ師団長は、その巨体を小さく小さくしていた。

「…………」

こうなってくると、なんだか可哀想になってはくる。

莉奈も鬼ではないので、考えなくもない。

だが、問題は作る場所だ。この王宮の厨房《ちゅうぼう》で作れば、間違いなくギャラリーが五十人は超える。

その中で、果たして、ゲオルグ師団長のだけで済むか否か。

絶対に無理だろう。だって、ゲオルグ師団長同様、前回食いっぱぐれた人達がいる訳で……。ゲオルグ師団長のだけなんて、どうして作れる。

リック料理長とか、一部の人達が作れる様になったから、作って貰えばいいのに、何故かこぞって莉奈に作って貰いたがるのだ。

本人もまだ気付いていない技能《スキル》のおかげか、たまたまかは知らないが〝差〟が出る様である。

「ゲオルグさん」

「……なんでしょう……リナ君」

「これから〝カクテル〟という、お酒を混ぜた飲み物を作るんですけど、何かお酒を提供してくれます？」

ションボリしているゲオルグ師団長に若干笑いつつ、莉奈は一つ提案をする事にしてみた。

「…………お酒……提供……？　どういう事ですか？」

ションボリしている上に、ナゼか敬語ときたもんだ。

「陛下と殿下にお作りする話になったのですが、作るのを見られると他の方にも作らなければいけないので……」

「いけないので？」

「提供してくれるのなら、お礼という事で……」

それならチーズオムレツについて何か言われた時、酒呑《さけの》み達は完全に黙らせる事が出来る。いわば保険である。

「持って来ます‼」

ゲオルグ師団長が、目を輝かせて食い気味に言ってきた。そして、扉を開けようとした時、振り返った。

「なんの酒でも、イイのか？」

言葉遣いも戻り、瞳もキラッキラッしていて、ゲオルグ師団長は生き返った様だった。

「まぁ、なんでも……出来ればドライ・ジンとか、ドライ・ベルモットあたりで……」

だって、新しいカクテルなんか作ったら、どうなるのよ？

ただでさえ、争奪戦が怖いのに。

「ドライ・ジンは飲んじまってない。ベルモットは確か……何本かあったな……後は、ウイスキーがあるが……ダメか？」

チーズオムレツを食べたい一心か、他の酒まであると言ってきた。そうだよね？ お酒を飲む人なら、他のお酒を持っている可能性は、かなり高いハズだ。

「ウイスキー………ぁ〜」

スモーキー・マティーニが出来ちゃうよ。

莉奈は、なんとも言えない表情《かお》をしてしまった。

出来たら出来たで面倒くさいよ。酒呑み達……何気に怖いし。

「何が出来る？」

莉奈の小さい呟《つぶや》きを、シュゼル皇子ではなく、フェリクス王が拾った。

「ナニモデキマセン」

さすがはシュゼル皇子の御兄様……良くお拾いになられる。酒呑みの〝ボス〟がココにいたのを、莉奈は完全に忘れていた。

「ほぉ？」

目を細め、莉奈を意味深に見てきた。

ナゼ、小さい呟きを聞き流してくれないのかな？　バレバレってやつですか。

莉奈はイヤな汗を掻《か》き始めていた。

「…………………」

「…………………」

莉奈は知らぬ存ぜぬで通そうと思っていたが……フェリクス王の有無を言わせない微笑みに負けた。こういう所、シュゼル皇子に似ていますね？　いや、逆なのかな？

「マティーニ………スモーキー・マティーニが出来ますよ」

厳密に云えば、何か他にも出来るけど……余計な事は言わない。莉奈はグッタリとしていた。

簡単に出来るけど、正直次から次は面倒くさい。

料理は好きな時に、好きなだけ作るのがイイのに……と莉奈はボヤいた。

「……ほぉ？　さっきのマティーニとは、また違うマティーニか」

フェリクス王は興味津々のようだ。

莉奈の要らぬ好奇心が禍して、カクテルに目覚めさせてしまったらしい。王様でなければ、分量教えるから勝手に作れば？　って丸投げするのに……莉奈は、そっとため息を吐《つ》く。

甘味のシュゼル。

お酒のフェリクス。

エドくんは、特にはなくて可愛《かわい》い子や。

「お酒なんか、飲まなくても死にませんよ。では、失礼して……」

莉奈は適当に流して、扉を開けようとした。そう、国王陛下の話を適当に流したのだ。

「リナ」

国王陛下の話を適当に流して、あの氷の執事様が黙っている訳もなく……。ジロリと絶対零度の視線が、莉奈に突き刺さった。

言われた国王様は……下を向いている。肩が小さく揺れているし、あれは絶対に笑っているに違いない。

第2章　王家の秘酒

やっと執務室から出られた莉奈《りな》は、厨房に向かっていた。

追加の罰は免れたけど……色々作らなければならない物が、増えたという……。

ちなみに、ゲオルグ師団長が付いて来ようとして、フェリクス王に睨《にら》まれていた。

何故《なぜ》なら、そもそも、フェリクス王に召喚されて、執務室に来たというのに、スッカリ忘れてたからね。念願のチーズオムレツで頭が一杯だったらしい。

何故、ゲオルグ師団長が呼ばれていたか……。

エギエディルス皇子、今日は外で魔物相手に討伐の実戦訓練なのだそう。だから、近衛師団の師団長が呼ばれ、彼と数名がチームを組んで行くのだとか。

その大事な話をガッツリ忘れて、莉奈と一緒に、ウキウキ厨房に向かおうとすれば、叱責も当然の話だ。

エド……大丈夫なのかな……？

フェリクス王達曰《いわ》く、エドもそれなりに強いらしいけど……。

……心配だよね。

戻って来た時に、何か美味《おい》しい物でも沢山食べさせてあげようかな。そんな事を考えながら、莉奈はのんびりと厨房に向かっていた。

◇◇◇

近衛師団経由でゲオルグ師団長に提供してもらったのは、ドライ・ベルモットとウイスキーを五本ずつ。

ウイスキーはさっき【鑑定】したら、厳密にはハーリス・ウイスキーといって、ハーリス地方で造られたウイスキーだとか。

ピート香、いわゆる〝泥炭〟の香りが特徴のウイスキー。

日本でいうとこの、スコッチ・ウイスキーと同等みたい。

スモーキー・マティーニを作るには、もちろん適している訳で……酒呑みが再びギラつくに違いない。

「リ〜〜ナ」

もうすぐ、厨房に着きそうだという時、背後から執務室で別れたハズの、シュゼル皇子が追って来ていた。

大分先に出たハズなのに、追い付くとか……脚のリーチの差か。

「………はい？」

何か忘れてた事とか、あったかな？

莉奈は何事かと……不安になる。

「これも使えたら……使って欲しいのですけど……ダメですか？」

そう言ってシュゼル皇子は、手に持っていた酒ビンを見せた。どうやら、マイお酒をどこかしらから、持って来た様である。

〝使え〟と御自らお持ち頂いて、さすがの莉奈もノーとは言えない。

「なんでしょう？」

鑑定すればわかるけど、訊《き》いて済むならそっちの方が早い。見た感じは底が潰《つぶ》れたフラスコのビンっぽい。だが、お酒のビンを見ただけでは、まったく分からない。

「〝ドランブイ〟というお酒です」

御存知ですか？　と首を傾《かし》げるシュゼル皇子。

……うっわ‼　マジか⁉

莉奈は驚愕《きょうがく》していた。

〝ドランブイ〟……現代の日本なら、簡単に酒屋で買えるけど……この異世界では、絶対に酒屋では買えないだろう。

だって、中世と同じ感覚でいいのなら、このお酒……。

……別名〝王家の秘酒〟って呼ばれる、大層なお酒なハズだ。

スゴいお酒を、持ってきたな。

「その表情《かお》、御存知の様ですね？」

シュゼル皇子は、満面の笑み。

銘柄でこの価値がわかった莉奈に、至極満足の様だった。

「……混ぜて……いいの……ですか？」

ドランブイのビンを受け取りつつ、恐る恐る訊いた。

だって、簡単に手に入る日本と違って、価値が雲泥の差だ。そんな大層な物を混ぜていいのか、贅沢《ぜいたく》の極みだ。

「良いから、持って来たのですよ？」

シュゼル皇子は、ほのほのと言った。

そうなのでしょうけど……〝王家の秘酒〟を混ぜていいの⁉　凄《すご》すぎなんですけど……。

「まだ、何本かありますからね？　たった一本で申し訳ないですが、良かったら皆さんにも分けてあげて下さい」

シュゼル皇子は、さらに笑みを深めた。

王家の秘酒を分けてもいいという、その懐の広さに莉奈は、驚いていた。

だって一本何百万もするお酒……あげる？

私はあげ……その前に買わない。

酒呑みが……騒ぎ出す……騒ぎ出すな、絶対……。

莉奈は、まだ始まってもいない、カクテル争奪戦を想像して、ブルブルと怯《おび》えていたのであった。


【王家の秘酒】ドランブイ。

40種類ものハーリス・ウイスキーに、ハーブやハチミツを混ぜた、至極贅沢なリキュール。

ウイスキーなのにリキュール？　って、お酒を飲まない人は思うかもだけど、そもそも〝リキュール〟って、ラテン語で〝溶け込ませる〟を意味する言葉が語源とか。

ハーブやハチミツはもちろん、果実、ナッツ、クリームなどの材料を、蒸留酒に加えて、香りや風味を溶かし込んだもの。

だから、ラム酒をベースにココナッツの香りを引き出したリキュールもあれば、コニャックをベースにしたリキュールもある。

〝液体の宝石〟って呼ばれ、リキュールはカクテルのベースになる事が多い。

……お母さんに、飲ませてあげたかったな。

このお酒、ハーブとハチミツを加えて作ってあるから、すごい甘口で、お母さん好みのリキュールだった。

同時に甘党のシュゼル皇子らしいお酒だなとも思う。

そういえば、スパイス、ハーブ系のリキュールって、薬の代わりに飲まれてた……って聞いた事がある。

まさか、シュゼル皇子……ポーションとこのお酒だけで………。

アハハそんな事……ある‼


う〜ん……しかし、王家の秘酒ですか。

莉奈は厨房《ちゅうぼう》に行く足取りが、次第に重くなっていた。

これは、酒呑《さけの》みの様子を見てから、出すかを決めよう。あの人達が穏便に分けるのは絶対にムリだから。

◇◇◇

半ばイヤイヤ厨房に着くと、中はやけに静かだった。

そう、嵐《あらし》の前のなんとやらである。

「あっ‼」

「リナが、来た‼」

「リナ‼」

莉奈の姿が見えると、パッと顔が明るくなり、にわかに厨房に活気が戻ってきた。

しかし、先程までの静けさは一体？

「なんかあったの？」

イヤな予感しかしないから訊きたくはないけど、そうも言ってはいられない。

莉奈は、原因が何か訊いてみた。

「俺達にも、ジンライムのシャーベット作ってくれたっていいよな？」

「あたし達も、シャーベット食べたいんだけど？」

食堂に繋《つな》がる小窓から、食事休憩に集まった警備兵達が顔を出した。

話を聞く限りだと、この間リック料理長達と一部の人が食べたシャーベットの存在がとうとうバレたみたいだ。それで作れ作れと揉《も》めていたらしかった。

これだけ人数がいればいつかはバレるよね。

食堂には、軽く100人はいるでしょ、これ。

「リナ！　どうすればイイ⁉」

リック料理長が、半ば涙目で訴えてきた。

揉めに揉めて、収拾がつかなくなってき始めた頃《ころ》に、莉奈が丁度戻ってきた様だ。

「なんで、揉めるのかな～～？」

莉奈は呆《あき》れながらも、冷蔵庫から卵や牛乳、チーズ、バターを取り出した。ゲオルグ団長のチーズオムレツを忘れる前に、作っておかないとね。

「だって……‼　シャーベットの作り方を忘れたから……って、リナ何を作るんだい？」

話半分で、莉奈が何かを作り始めたので、皆は黙り始めていた。

どうやら皆、酒に酔ってシャーベットの作り方を忘れてしまった様だった。

「あ〜。ちょっとチーズオムレツを、ね？」

面倒くさいから黙っていたけど、皆に見られたので渋々答えた。

「「「チーズオムレツ」」」

誰《だれ》ともなく呟《つぶや》く。一体誰のために？

揉めに揉めて昼食も、儘ならないままでいるので、皆の目がギラつき始めたけど……無視する事にした。良い子は見たらいけませんって状態だし。

莉奈はパカパカと卵を割って溶くと、そこに牛乳を少し入れて軽く混ぜていた。

今気づいたことだが、菜箸《さいばし》がある。なんだったら、この間までなかった調理器具とかも色々と増えている。泡立て器なんてなかったから、話半分で言った事を誰かが聞いて作ったのかもしれない。

端には給食室とかで見た事のある、１００人分以上のスープ類が、一遍に作れる大鍋《おおなべ》まであった。

あれ、朝にあったっけ？

「先程、搬入したばかりなんだよ」

莉奈がマジマジ見ていたら、リック料理長が答えてくれた。だから、さっき来た時はなかったのかと納得する。

「スゴいね？」

あんなのＴＶか、給食室でしか見た事がない。大きいヘラでグリグリするのは、スゴく面白そうだ。

「あれば便利だから、軍用のを一つ頼んどいたんだ」

「あ〜、軍用」

なんだ……芋煮の会とかの、大鍋ではなかった。

「しかし、何度見てもその技……スゴいよな〜」

見習いの料理人がため息混じりに呟いた。リック料理長、マテウス副料理長等の一部の人達は、卵をふわふわに混ぜられる様になっているみたいだが、まだまだ出来ない人も多いみたいだ。

莉奈は、フライパンに卵液を入れるとすばやく、空気を含ませながら、菜箸で手早くかき混ぜ始めた。そして、半熟になるとチーズを乗せてトントンとフライパンの柄を叩《たた》き、あっという間にふっくらと包んでしまった。それを見てさらに、ほぅとため息が聞こえた。

「慣れだと思うよ？　失敗したら、スクランブルエッグにしちゃえばイイんだし、どんどん作っちゃいなよ」

莉奈だって、初めから上手《うま》く出来た訳ではない。焦がさなきゃ多少崩れた所で、別に味には大差はないだろう。

これだけの人数分を作っていけば、あっという間に習得出来るに違いない。失敗を恐れ過ぎてあまり練習が出来ていないとか。

「そうだな……朝食の時に、やってみるか」

莉奈の強い後押しに、見習いの料理人達は、再びヤル気を出した様だった。


「ちなみに、それ誰のために作っているんだ？」

リック料理長の脇《わき》にいた、マテウス副料理長が訊いてきた。

3個目を作り始めていたから、おかしいと思ったみたいだ。

「討伐訓練に行ってる、エドとゲオルグさんの」

後は自分の……と言いかけて、莉奈は最後の言葉は飲み込んだ。言わなくても分かってる様な気がしたからだ。

「ゲオルグって……あの近衛師団のゲオルグ＝ガーネット？」

リック料理長は少し驚く。近衛師団は宿舎もあり、軍部の食堂で主に食べる。兼任している警備兵なら分かるが、師団長はここに食べに来る事もほとんどない。

「そう」

「え？　どうやって知り合ったんだ？」

リック料理長は、やはりゲオルグ師団長の事だと知り、さらに驚いていた。なんなら何故《なぜ》名前で呼ぶ仲なのかが知りたい。呼べる人間なんて数える程しかいないのだ。

「さっき、エドと討伐訓練に行くって」

「あぁ……そういう……って、師団長とすげぇ親密じゃね？」

今度は小窓から覗《のぞ》いていた、警備兵の一人が驚いて言った。知り合った経緯は分かったものの、そこまでの親密度はいつ上げたのか疑問である。

「親密……？　ん？　さん呼びが？」

莉奈は首を傾《かし》げた。さっき会ったばかりの師団長と親密も何もない。

「ちげぇよ。あの人を名前で呼ぶ人なんて、そうそういないぜ？」

「え？　みんなは、なんて呼んでるの？」

「ガーネットさんか、ガーネット師団長」

「あ〜〜」

莉奈はなんとも言えない表情《かお》をした。良く良く考えたら普通はそうだ。

初めから、何故か呼び捨てでイイなんて言うから、気にもしなかったけど……おかしな話である。

呼び捨てで呼んでたら、余計に皆に怪訝《けげん》な顔をされていたに違いない。

「リナ、余程気に入られたんだな」

リック料理長が感嘆していた。あの師団長を名前で呼ぶなんて、余程の人しかいない。

「…………アハハ」

莉奈は、なんとも言えない表情《かお》をした。だって、気に入られたのは自身ではないと、断言出来るからだ。

作る物が気に入られているだけであって自分ではない。それが複雑ではなくて、何が複雑なのだ。

「な〜。それ、俺も食いたい」

3個目のチーズオムレツを作り終え、魔法鞄《マジックバッグ》にしまった時、小窓から覗く警備兵が挙手して言った。

案の定と云うか、予想通りと云うか。

「カクテルとどっちがイイ?」

莉奈はニコリと笑った。もちろん両方なんて却下だ。

「…………っ」

莉奈の、予想外の返答に押し黙った。どうせダメだと言われると覚悟の上だったからだ。

「カ……カクテル……って言ったら作ってくれるのか⁉」

カクテルとはお酒を混ぜて作る至高の飲み物だと、リック料理長に聞いていた警備兵達は、さらにざわめき始めた。

どっちかを選ばせてくれるのなら、そういう事なのだろうと解釈した警備兵。皆は期待の眼差《まなざ》しで、莉奈の次の言葉を待っていた。

「う〜ん。お酒が飲める人は、ジンライムのシャーベットかカクテル。飲めない人は、ククベリーかレモンのシャーベット？　甘い物もダメなら、チーズオムレツを少し……なんてどう？」

どうせ作るつもりだったし、カクテルは混ぜるだけだから別に自分が作る必要はない……と莉奈は思っていた。

「「「うぉぉぉ〜〜〜っ‼」」」

莉奈がそう提案すれば、厨房、食堂にいたすべての人間が大歓声を上げた。何かしらは必ず、全員の口に入ると分かったからだ。

ゴゴゴ……とその歓声の大きさで、まるで地震の様な地響きが広がる。

まだ交代時間ではない人達が、何事だと覗きに来たのは、それからしばらく経《た》った頃《ころ》だった。もちろん、その人達の分もあると約束させるまで、出て行かなかったのは……いうまでもない。

結局カクテルは、大量に作らなければいけなくなったため、寸胴で作っていた。その工程はもうカクテルではない。だって優雅さも気品もないのだ。

カクテルはお酒をブレンドしたり果汁を混ぜたり、砕いた氷を入れるときでさえも、その工程は見る者を魅了する楽しさがあるのだ。なのに……これはもはや作業。寸胴にお酒をドバドバと入れ、混ぜたら氷の魔法で冷やす。

その作業は冷製スープと変わらない。

「………」

莉奈は皆の作っている姿を、なんだこれ……と無言で見ていた。カクテル作りにはまったく見えないからだ。

しばらく唖然《あぜん》として見ていた莉奈は、魔法鞄《マジックバッグ》からゲオルグ師団長からもらった、ウイスキーとドライ・ジンを取り出した。ついでに、ハンカチも取り出し、口と鼻を覆って頭の後ろで結んだ。

「アハハ……匂《にお》いで酔いそうだよな」

それを見たリック料理長が笑っていた。厨房《ちゅうぼう》は換気はしてはいたもののスゴいお酒の匂いだ。

「それ、ウイスキーだな。何を作るんだ？」

莉奈の行動を放っとく訳もなく、マテウス副料理長が訊《き》いた。莉奈が何故ウイスキーを持っているかは全く気にならないらしい。

まぁ莉奈の事だから、誰かしらから貰《もら》って来たのだろう、とわかっているだけかもしれない。

「何も作らない……混ぜるだけ」

「新しいカクテルだろ？」

莉奈がわざと、揚げ足を取った様な言い方をしたのにもかかわらず、まったく気にもせずマテウス副料理長は大きく頷《うなず》いた。

マテウス副料理長が〝カクテル〟と言えば、他の作業していた料理人達も手を止め莉奈を見た。また新しいカクテルを作る莉奈に、酒呑《さけの》み達は目を輝かせていた。

「なんて言うカクテルを作るんだい？」

当然の様に、リック料理長が訊いてきた。

「………………」

振り返ると、異様な空気がそこにはあった。羊を囲む狼《おおかみ》の群れ。まさにその言葉が相応《ふさわ》しい。もちろん、羊は莉奈の事である。

「ハダーカ・オドリ」

「へぇ～。変わった名のカクテルなんだな」

一同は感心し頷いた。

……なんで信じちゃうんだよ。

もはや冗談も通じない皆に、莉奈は呆《あき》れ顔《がお》だった。

「スモーキー・マティーニ」

〝ハダーカ・オドリ〟なんてカクテルある訳がない。信じきっている皆に本当の名を教えた。このままでは本当に〝ハダーカ・オドリ〟になってしまう。

「「「……え？」」」

「これ……スモーキー・マティーニ」

「「「…………」」」

莉奈が再び言うと、皆は黙り込んだ。

「えっと……なんでウソを、ついたのかな？」

マテウス副料理長が、苦笑いしていた。何故《なぜ》ウソをついたのか。

「信じると思わなかったから」

「「「……………ぶっ」」」

ごもっともとでも思ったのか、皆は一様に吹き出し大笑いしていた。〝裸踊り〟なんて名を何故信じてしまったのか、よくよく考えてみればおかしな話である。

「あっ‼　ちょっと待った‼　それ小さいグラスに注いで」

カクテルを冷やし終わり、さてグラスに……という時に莉奈がその作業を慌てて止めた。さも当然の様に大きいワイングラスに、カクテルを注ぎ始めていたからだ。

「「「え〜〜っ⁉　なんで〜〜⁉」」」

納得のいかない人達は、当然ブーイングだ。

「それだと、どれか一つになってつまらないでしょ？」

不服そうな酒呑み達に、莉奈は一つ提案する事を考えた。

「「「……」」」

誰《だれ》とは言わないがブツブツ言う、飲む量が減るのがものスゴくイヤな様だった。

「一つ一つ量を少なめにして、色んな味を楽しめばイイんじゃない？」

「量……どういう事？」

それでも分からないのか、首を傾《かし》げている。

「まず一番量を確保出来る〝ギムレット〟を大量に作って、それを皆で一つずつ……後は〝マティーニ〟〝エクストラ・ドライ・マティーニ〟……今、私が今作ってる〝スモーキー・マティーニ〟の中からチョイスして飲み比べしたらイイんじゃない？」

「「「それイイ〜〜〜っ‼」」」

全員莉奈の提案に賛同したのか、大歓声だった。


ライムと割る〝ギムレット〟は一番大量に作れる。皆にさっき訊いたら、ライムなんか普段あまり使わないから、食料庫にも食料庫代わりの魔法鞄《マジックバッグ》にもあるらしい。

だから、ギムレットは皆に行き渡る。

他のはどう分けるか。数が合わなければ、殴り合いになりかねない。

なら、後は量を少なくして飲み比べ……という事にして、選ばせるしかない。すべてが飲みたいのなら、同僚とか友人とかと分ければいいしね。

「あれ……そういえば、ラナ達は？」

今になって気付いた莉奈は、キョロキョロとする。分けるで思い出したが、いつも大抵いる例の侍女二人の姿がなかったのだ。ラナがここにいたら〝旦那《だんな》がいれば全《すべ》てを口に出来たのに〟……と言いそうだ。

「リナが陛下の所に行った後、一旦《いったん》仕事に戻ったよ」

リック料理長が苦笑いしていた。なんでも戻る時にモニカが、自分の分のカクテルは残しておいてくれないと、〝呪《のろ》う〟と呟《つぶや》いていたらしい。

「……」

莉奈は、ゾッとした。冗談にしては真実味があるからだ。

自分の世界なら流せる言葉でも、〝魔法〟が存在するこの世界だ。〝呪《のろ》い〟があってもおかしくはない。

……モニカ怖い。

莉奈も皆同様、寸胴にウイスキー、ドライ・ジンを豪快にドバドバ入れていた。こんな豪快な作り方をした事がないので、自分でやっても面白く自然と口元がにやけていた。

その姿を見ていた皆は、マスクをしているからさながら実験、あるいは魔女の様に見える……と思った。

「それ、割合は？」

今後のためか、自分のためか、リック料理長が訊いてきた。

「ドライ・ジンが3、ハーリス・ウイスキーが1」

「ウイスキーはハーリスじゃなきゃダメか？」

他の領から来ている料理人が手を挙げた。莉奈が〝ハーリス〟と限定したのが気になる様だった。

「他のウイスキーでも大丈夫だよ？　味は変わると思うけど」

決めつける必要はないし……色々と試せばいいと思う。それがカクテルの醍醐味《だいごみ》なのだから。

「なら、うちは〝レナン〟ウイスキーが特産だから、それで今度は割ってみるか」

その料理人は大きく頷いた。その人の領の特産は、レナン・ウイスキーみたいだ。

ハーリス地方のは〝ピート〟泥炭香が付いているのが特徴のウイスキー。レナン地方のウイスキーがどんな特徴なのかは知らないが、混ぜても問題はない。ただ、蒸留の仕方や香り付けが違うのなら、味は大分変わるだろう。でも、カクテルは人それぞれ好きに混ぜて、楽しめばいい。

ちなみに入れるお酒が変われば、当然名称も変わるのだが……面倒くさいので言わない。

「……ぁ」

莉奈は、スモーキー・マティーニを作り終えた時、ふと面白い事を思い付いた。

キョロキョロと辺りを見渡し、皆が各々カクテル作りに夢中になっているのを確認すると、大きいグラスにコッソリと〝王家の秘酒〟ドランブイを少し注ぎ始めた。

そして再び見ていない事を確認し、ゲオルグ師団長から慰謝料として貰った〝ポーション〟を適当に入れて混ぜる。

……その名もズバリ……【シュゼル・スペシャル】。

アハハ……なんちゃって……。

莉奈は、一人ほくそ笑んでいた。

シュゼル皇子が、食事の代わりに飲んでいたであろう飲み物。

そう〝ポーション〟と王家の秘酒〝ドランブイ〟を混ぜた、莉奈オリジナル〝異世界限定カクテル〟誕生の瞬間である。

――――ポォ。

一瞬だが、それがうっすらと光った気がした。

「…………え」

莉奈は小さく呟くと、額にたらりと汗が流れた。

ふざけて何も考えていなかったが、これは……調合してしまった感じ？　ヤバイ……好奇心しかなかったよ。

ポーションは魔法薬だ、勝手に混ぜてイイ物ではなかったのか……と、今さらながら脂汗を掻《か》く。

皆ポーションを消毒液か栄養ドリンクみたいな感覚で、ホイホイ使っているから〝魔法薬〟だという事をすっかり忘れていた。

莉奈は【シュゼル・スペシャル】を慌てて手に取り【鑑定】してみた。

【シュゼル・スペシャル】
〝ポーション〟と〝王家の秘酒〟を特別な配合で混ぜた魔法薬。
〈用途〉
個人差はあるが10～30分程、狂戦士《バーサーカー》状態になる。
その際受けたキズは、常人ではない速さで修復される。
〈その他〉
飲料水。
効き目が切れた後、異様な脱力感が身体《からだ》を襲う。

――――は？
――――はぁぁぁ～～っ!?
……バ……バ、狂戦士《バーサーカー》!?
ヤバイやばいヤバイやばいヤバイ。
い、いらん物を作ってしまった。
狂戦士《バーサーカー》ってなんだよ!?
特別な配合ってなんだよ～～っ!!

なんかヤバイ事、間違いな〜〜し‼

莉奈は、皆が見ていない事を再び確認し……魔法鞄《マジックバッグ》にそれをそっとしまった。世に出したらダメなやつだこれは。

ふざけて作る物ではない。しかも、ナゼか【シュゼル・スペシャル】とか命名されてしまったし、怖くてこの世に出せない。

莉奈は【シュゼル・スペシャル】を魔法鞄《マジックバッグ》に封印する事にした。

「なぁ、リナ」

……あんぎゃあ〜〜‼

莉奈はふいに声を掛けられ、後ろめたさから、危うくそう叫びそうになった。

「……んっ……なに？」

だが莉奈は、叫び声を飲み込み、首を傾《かし》げてみせた。

ヤバイヤバイ……叫んだら怪しまれるよ。

「その、カクテルも冷やしてグラスに？」

マテウス副料理長が、スモーキー・マティーニの入った寸胴を指差した。他のは注ぎ終えたらしい。

「あ〜うん、おねがい」

良かった良かった……バレてない、莉奈はホッとしながら少し横に退いた。

しかし圧巻だ。トレイに乗った何百とあるグラス。そのすべてにカクテルが注ぎ込まれてある。

さながらパーティーでもあるのかと、錯覚する。だが、あっという間になくなるに違いない。

以前ポタージュスープを作った時、実は足りなかったらしく……魔法省の人達には配れなかったそうだ。後から聞いて苦笑いした。

軍部、魔法省、そして各宮……総勢５００人以上は勤務しているこの王城に、あれだけのスープでは足りないのも当然だ。知らなかったとはいえ、悪い事をしてしまった。

魔法省の長官タールとも、あれから全然会ってないし、近いうちに何か作って会いに行こう。軍部は……まだ行った事がないので、一度は行ってみたいなと思う莉奈だった。

◇◇◇

「なぁ、さっきからチョイチョイ〝カクテル〟パクってるけどリナ飲まないだろ？」

若い料理人が不審そうに声を掛けた。

莉奈が先程から、出来上がったカクテルを数個ずつ、魔法鞄《マジックバッグ》にしまっていたのだ。酒を飲めないのにどうするつもりなのか。

「私は飲まないけど、陛下とか殿下とか……なんだったら説教魔神に持って行かなきゃいけないでしょ？」

と言いながらも、ホイホイ魔法鞄《マジックバッグ》にしまった。

「説教魔神……って」

莉奈の言い方に一同苦笑いしていた。〝あの〟イベールを説教魔神なんて呼ぶのは莉奈だけだ。

大体莉奈が、何かをやらかすから〝説教〟に繋《つな》がる訳で……イベールもしたくて、している訳ではないのでは？　と口から出かかっていた。

「でも……結構な数、鞄に入れてたよね？」

数少ない女の料理人が言った。陛下達だけにしては、数が合わないからだろう。そんなにどうするのか気になった。

「今後の賄賂《わいろ》」

「「「「…………」」」」

お前は何をやらかす気だ。そして、賄賂とか言っちゃうのか……と皆は言葉が出なかった。

「あっ、エドのミルクセーキ作らなきゃ」

莉奈は肝心な事を思いだし、冷蔵庫から牛乳、卵、砂糖を取り出した。お酒の入っていないカクテル。それはミルクセーキであった。

「何？　ミルクセーキって」

近くにいた女の料理人がワクワクしていた。エギエディルス皇子に作る物なら、お酒ではないと予想出来たからだ。

ちなみに、この女の料理人。リリアンといって警備兵アンナの幼馴染《おさなな　じ》みらしい。何か美味《お　い》しい食べ物にありつけるかも……という理由だけで、料理人を目指し今に至る。顔は可愛《かわい》いのだが、アンナに性格が似ているのがたまにキズ。

「エド専用カクテル」

「そんなのいつ決まったの？」

リリアンは眉《まゆ》を寄せた。そもそも〝カクテル〟自体が今までなかったのに、ナゼ専用なのか。

「今」

「…………」

リリアンは納得がいかないのか、莉奈の顔をジッと見ていた。莉奈はその視線をはねのける。

小鍋《なべ》に水を少し入れ、温めて砂糖を溶かす。シュガーシロップがあればそれを使いたいのだが……ない。代わりに水に砂糖を溶かして代用する事にしたのだ。

「…………」

リリアンは莉奈の作業中も、ジッと顔を見ていた……見続けていた……そう、手元ではなく顔をだ。正直……ウザい。

生卵をそのまま使うので、アイスクリームの時には忘れた〝浄化〟魔法を誰かに掛けてもらう事にする。

「………」

誰《だれ》に頼もうか……とキョロキョロしたが、リリアンがまだジッと見ていた。背格好がほぼ一緒なので、目線も目の前。マジでウザい。

――ガツン‼

「いったぁぁ～～い‼」

リリアンが涙目でしゃがみ込んだ。莉奈が頭突きをかましたからだ。

ただでさえ注目されてやりづらいのに、目線が同じ高さのリリアンに、やる事なす事見られウザかったのだ。皆はやられたリリアン側に同情したのか、痛そうに顔を背けている。

「アンナ並みにウザい‼」

正直頭突きした莉奈も痛み分けだが、イラッとしていたので痛さは気にならなかった。

「アンナと一緒にしないでよ～～！」

額を押さえたリリアンは、涙目ながらに訴える。

「なら、おとなしくせい‼」

莉奈はそう言うと〝浄化魔法〟を使える人に、生卵の浄化を頼んだのだった。

「卵を浄化して……どうするんだ？」

浄化してくれた魔法省から来ている料理人が、不思議そうに訊《き》いた。そもそもいつもは、卵に火を通すからこんな必要がないのだ。アイスクリームの時は……王はいるし宰相はいるしで頭が回らなかったから言わなかったが。

「……混ぜる」

「リナ……お前……どうしてそう」

マテウス副料理長は額に手をあてていた。ざっくりもいいとこだからだ。卵料理は大概混ぜる。もっと他に言い方はないのか。皆も苦笑いしていた。

「なら、踊る？」

莉奈は、フリフリと小さく腰を振った。

「「……ぷっ」」

莉奈が変な事ばかり言うので吹き出していた。いつもは怒号さえ飛び交うこの厨房《ちゆうぼう》に、莉奈がいるだけで皆、忙しさも忘れて楽しい空間となっていた。

莉奈は浄化してもらった卵を、ボウルにカパカパ割り入れた。それを丁寧に攪拌《かくはん》する。このまま飲む物だから白身がドロッとしたら気持ちが悪くなる。そこに牛乳、溶かした砂糖を入れ混ぜる。

「プリンに似てるね？」

リック料理長がポソリと言った。材料が一緒だからだろう。

「そうだね。分量が違うだけで似てるかも」

言われてみればそうだと、莉奈も頷《うなず》く。だけど、蒸したり焼いたりすればプリン。凍らせればアイスクリーム、パンに浸して焼けばフレンチトースト。分量が違うとはいえバリエーションは様々である。

しかし、モニカがいたら100%牛乳～と文句を言っていたに違いない。いない……実に平穏だ。混ぜた物を、一度ザルで濾してほぼ完成……後は冷やすだけ。一つグラスに注ぎ入れた時に、莉奈は思い付いた。

「……あっ……シェイクにした方が、面白いかも……氷の魔法使える人～～！」

莉奈は挙手を求める。ミルクセーキより、シェイクの方がエギエディルス皇子も面白がるに違いない。もう一つ注いでこれはこのまま冷やしておくとして、残りは分量を少し変えてシェイクにしてしまおう。

そう呼び掛けると、魔法省の料理人がすかさず手を挙げ前に歩み寄った。

「シェイクって何？」

と莉奈に疑問を投げ掛けた。ミルクセーキも初めてなら、シェイクも初めてだからだ。

「飲むアイスクリーム」

で正解なハズ。莉奈がそういえば、にわかにざわつき始めた。

アイスクリームを口にしていない人は、大勢いるからだ。生唾《なまつば》を飲む人もいる。シュゼル皇子が大層気に入った氷菓子なのだから。

「……どうでもいいけど……生卵を飲む事に抵抗はないの？」

あっちの世界でも、卵を生でなんて使うのは日本と一部の国だけだ。この世界の人達には、絶対に抵抗があると思うのに平気そうだからだ。

「「「生卵違う。アイスクリーム」」」

全員が一斉に首を振って否定した。

アイスクリーム違う……生卵。

「あ～そう」

莉奈は、呆《あき》れていた。もう、生卵そのものではない限り抵抗はなさそうである。

「アイスクリームより、少し柔らかめに冷やし固めたいんだけど……」

魔法よろしく……と、料理人に言ったつもりなのだが、

「力仕事だと思うので、手伝います！」

と見習いの料理人から挙手と声。手伝う事で口に出来るという、見え見えの下心タップリ。

「ひょろひょろの新人には無理だ‼　俺様がやる」

見習いを押《お》し退《の》ける様にして、中堅料理人が前に出た。

「乱暴者のあなたより、たおやかな私にこそ、その役目はあう」

同僚が主張し、さらに押し退けて来た。

「はん！　〝たおやか〟って言葉、まず辞書で調べて来いよ」

「なら〝乱暴者〟って辞書で調べて来なさいよ！　あんたの名前が載ってるから‼」

「あぁ⁉」

「はん！　文句ある⁉」

……喧嘩《けんか》が始まっていた。ただ混ぜる作業のためだけなのに。

味見とか、お裾《すそ》分《わ》けをあげるなんて、莉奈は一言も言った覚えはないのにだ。そもそも、アイスクリームを作った時程の量はないし、莉奈一人の力で充分なのだが……。

色んな人を巻き込み始めて、ケンカが広がっていった。

なんでこうなるの……？


結果……騒いでいた人達は莉奈に鉄拳《てっけん》をくらい、おとなしくなった。今は静かに洗い場で、仲良く洗い物をしている。

「ん……完璧《かんぺき》」

冷やし固めながら混ぜ、クリーム状になったミルクシェイクに、莉奈は大満足だった。皆の視線はアイスクリームに見える、ミルクシェイクに釘付《くぎづ》けである。

作っておいてなんだが……ストローがない。この間散歩で見つけた麦藁《むぎわら》的な物が、魔法鞄《マジックバッグ》の中にあるけど、それを使うのはものスゴい抵抗がある。口に含めば藁《わら》臭そうだし、そもそも細いから吸えないだろう。

なら、鉄パイプ的な物でもと……莉奈は一瞬考えて自分で否定した。鉄パイプでシェイクを飲むのは絶対におかしい。

ワイングラスにミルクシェイクをスプーンで注ぎ、ククベリーのジャム、ミルクシェイク、ククベリーの実、それを交互に二層に仕上げた。最後に相変わらずの固いパンを、細長く切り上に斜めに刺して完成。

……よし〝パフェ〟の出来上がり。

「………」

莉奈は首を傾《かし》げた。ナゼ……パフェになった。

「へぇ……オシャレで可愛《かわい》らしい……それが〝シェイク〟？」

出来上がったパフェを見た、リック料理長が感心した様に頷いた。赤と白が何層にもなっていて、見た目にも華やかだったからだ。

「シェイク……違う、パフェ」

「え？」

「パフェ」

「……え？　パ……フェ……？」

リック料理長は目をパチクリさせていた。シェイクと言っていなかったか……と。そして〝パフェ〟とは何なのか。

「なんか……パフェになった」

エギエディルス皇子が喜ぶ方向に考えていたら、ナゼかパフェが出来ていたのだ。本当ならもっと色々盛りたいところだが、作るつもりで用意していなかったので、仕方がない。

「「「えぇ!?」」」

シェイクもパフェも分からない皆は、何がなんだか分からないまま驚いていた。


……ん?

そういえば〝サンデー〟っていう似たデザートもあったな……と思い出し莉奈は再び首を傾げる。

〝パフェ〟と〝サンデー〟の違いってなんだろう?

確か……パフェはフランス語の〝パルフェ〟が語源って聞いた事がある。サンデーはアメリカが起源だと思ったけど……。後は盛り付けるお皿の違いとか、トッピングが違うとか、昼食べるのがパフェで夕方以降がサンデーという説もあるが、詳しくは知らない。

個人的な意見でいうのなら、サンデーは小さめの器で可愛らしく。パフェは長めの器で豪華な気がする。

そして〝サンデー〟にソーダ水を注いだ物は〝マンデー〟というらしい。日替りランチならぬ、日替りサンデー!!

だけど火曜日以降はない。やるなら徹底的に作れば良いのに……飽きたのかな？

小さい器に盛ったから厳密にいうと、〝サンデー〟かもしれない物をチラリと見て「まぁ、いいか」という結論に達した。

だって分からないし……正直美味《おい》しければどっちでもいい。

莉奈はシェイクではなくナゼか出来たパフェと、口を覆っていたハンカチを魔法鞄《マジックバッグ》にしまうと、残ったミルクシェイクにスプーンを入れ掬《すく》った。

「美味しい」

一口食べたのだ。ミルクシェイクは濃厚で滑らか。

フェリクス王達が作ったアイスクリームには負けるが、クリーミーに仕上がっていた。ストローでガッツリ飲みたい。

「ねぇ」

莉奈の肩をチョンチョンと突っつくリリアン。いつの間にか洗い物も終わり戻って来たらしい。食わせろと言っているに違いない。

莉奈はリリアンを無視して、それをカクテル同様小さいグラスに盛る。

「ねぇ〜〜っ！」

無視していたので、突っつく指が激しさを増す。人の腕をゲームのリモコンみたいに、高速連打するのヤメテもらっていいかな……リリアン、腕に穴が開くから。

「10個あるから好きに分ければいいでしょ……」

そう言って最後のシェイクの天辺《てっぺん》に、ククベリーの実を1つ乗せた。ソフトクリームの上だけ、そんな感じだが可愛らしく仕上がったと思う。

「10個……？　1・2……」

ジ～ッと見ていたリリアンが眉《まゆ》を寄せ、出来たミルクシェイクの数を指差し確認しながら数える。何か数が気になる様だ。

「11個あるよ⁉」

リリアンが叫んで11個目を持ち上げた。1つ多くて半ば歓喜に似た声だった。貰《もら》えるとでも思ったのかもしれない。

だが、莉奈はそれをヒョイと取り上げ魔法鞄《マジックバッグ》にしまった。

「はい、10個でした」

「「「え～～っ⁉」」」

莉奈がそう言って後片付けを始めれば、甘味軍団は驚き再び声を上げていた。欲しかったのなら、余計な事を言わなければ良かったのかもしれない。

余談だが……僅《わず》かにボウルに残ったシェイクをリリアンと、恥と外聞を捨てた一部の人達が、指を入れこそぎ落として口にしていたのには……軽く引いた。

「「「カンパ～イ‼」」」

「くぅ～！　マティーニ最高‼」

「なんだよ～～お酒混ぜると、こんなにウマイのかよ！」

「カァ～今日俺はこのために生きていたのか！」

夜勤明け組の警備兵の人達が、男女問わず一足先にカクテルを味わっていた。そこだけ、居酒屋の様なテンションだ。

「「「「……………チッ」」」」

夜勤ご愁傷さま……なんて普段は他人事《ひとごと》の様に思っていた皆が、一様に舌打ちをしていた。

夜勤明け組は、これから自由時間。なので、いち早くお酒を口に出来たのだ。皆がうらやましく見る中、そして真っ昼間のお酒はさぞ美味しいに違いない。

莉奈は、憎悪に近い人達の眼差《まなざ》しに呆れていた。遅かれ早かれ口に出来るのだから、そんな眼で見なくても……と。

◇◇◇

——それから数時間。

「……あんな所で……寝るかね？」

「蓋《ふた》が割れたらどうするんだよ」

「せめて、食堂で寝ろよ……」

厨房《ちゆうぼう》にはボソボソと話す声が……。皆が呆れ笑いをしているその目線の先には、うたた寝している莉奈の姿があった。騒ぎに騒ぎまくる皆と視線に疲れていたのだろう。

だが、何処でうたた寝しているのかが、大問題である。

——何処で……？

それは、ごみ箱の上だった。

下にスライムが入っているのを気にもせず、その蓋の上に座りコクリコクリと、うたた寝をしていたのだ。その度胸には感服ものである。万が一蓋が割れたら……スライムの中にドボンだ。

「だけど、最近のリナ……可愛《かわい》くなったよな〜。ヨダレたらしてるけど……」

「ホントそれ！　大分痩《や》せたからじゃね？　態度デカイけど……」

「リナの元気な声には、こっちも力が出るよなァ。時々コワイけど……」

莉奈の寝顔を見つつ、誉めているのか貶《けな》しているのか、皆は好き勝手な事を言っていた。

最近の莉奈は、予期せぬ強制〝糖〟〝脂肪〟抜き食事と、日課のジョギングにより日に日に痩せ、元の〝美少女〟に〝ほぼ〟戻っていた。後は見えない下腹の……お肉のみである。

面倒だからと何事も〝鑑定〟しない莉奈は、自分の現体形を知らない。痩せたな〜くらいにしか感じていなかったのだ。

痩せたお陰で一部の男共の視線に、熱が籠《こも》り始めているのも、まったく気付かないでいた。だから、今もこうして安心して、うたた寝なんかしているのである。


そんな莉奈を横目に、ガヤガヤとにわかに廊下が騒がしくなり始めていた。廊下を走る軽やかな音が、段々と近づいて来た。厨房の皆は、それが何なのか察しており作業を中断し、迎え入れる様姿勢をつくる。

「リナはいるか⁉」

バタンと勢いよく開いた厨房の扉から、たった今帰って来たエギエディルス皇子が入ってきた。少々息を切らしているのは、走って来たせいなのか。

「「「無事のご帰還、心よりお待ちしておりました」」」

皆は一斉に頭を下げた。膝《ひざ》を折らなくても良いという、エギエディルス皇子の言葉に従い、厨房では折らなくても不敬には、ならなくなっていた。

「たかが、その辺の魔物討伐くらいで大袈裟《おおげさ》だし……リナは？」

本心からかどうかも分からない皆の労いの言葉などどうでもいいエギエディルス皇子は、キョロキョロ莉奈を探す。

エギエディルス皇子にとって、この辺りの魔物は小物の様だった。魔物と戦う事のない人間からしたら、たかがも何も魔物を倒せるというだけで、感服ものなのだが。

ツカツカと厨房に入りながらも、いつも通り自身に〝浄化魔法〟をかけていく。皇子のその配慮には自然と、皆の口元も緩む。

「うっわ……寝てるとか、マジでありえねぇし」

スライムのごみ箱の上に座り、船を漕《こ》いでいる莉奈を見つけ呆《あき》れていた。場所もさることながら、自分が魔物討伐に行っているのに寝てる……マジでありえない。

エギエディルス皇子が大丈夫だと安心しての所業なのか、どうでもいい事だと思っているのか……真偽はわからないが。

「オイ‼」

口調こそ強いが、エギエディルス皇子は莉奈の肩を優しく揺らした。何処かの師団長とは大違いである。

「ふにゃむにゃ……」

「……お・き・ろ‼」

「ん～……あ、エドお帰り～」

目や口を擦りながら莉奈は、エギエディルス皇子の顔を見てフニャリと笑う。

「お前なぁ……俺が魔物と戦ってる時に寝てるとか、マジでない！」

腰に手をあてエギエディルス皇子は少しふてくされる。少しくらい心配してくれるとか、皆程でないにしても出迎えてくれるかも……と期待した自分がバカだった。

コイツは〝莉奈〟なのだ。普通とは違う事を忘れていた。

「人生の大半は〝食う〟か〝寝る〟かなのよ？」

そう悪びれもなく莉奈が笑うから、エギエディルス皇子は、

「……仕事しろ」

と呆れていた。


「それはともかく‼　魔物倒して来たから見せてやるよ‼」

エギエディルス皇子は興奮した様に早口で言うと、莉奈の手首を掴《つか》んで食堂へと連れていく。自分が頑張って倒した戦利品を、早く見せたくて仕方がない様だった。

皆はそんな姉弟《してい》の様に仲睦《なかむつ》まじい二人の姿を、微笑《ほほえ》ましく見ていた。

「……まぁ……見ろよリナ？」

一緒に討伐に行っていた近衛師団兵が、空気を読んでガタガタと食堂のテーブルやイスを端に寄せ始める。あっという間に莉奈とエギエディルス皇子の前には、ポッカリと20畳程の空間が出来た。

それを確認すると、エギエディルス皇子は魔法鞄《マジックバッグ》に手を入れた。


――ドシーン‼

エギエディルス皇子の魔法鞄《マジックバッグ》から、するりと魔物が出てきた。その瞬間、重さからなのか床が地震の様に揺れた。

……え。

えぇぇぇぇ～～!?

莉奈は心の中ではそう驚きつつも、実際のところは驚き過ぎて声が出なかった。

どうやら人は驚き過ぎると、口から声など出ないらしい。目と口を開くだけで、言葉が喉《のど》からまったく出ない。

「……ナ……ニコレ」

数秒後、やっと声が出た莉奈の言葉がそれ。

目の前にはエギエディルス皇子が出した、とてつもなく巨大な鳥があったのだ。表現があっているかは分からないが……ゾウより大きい鳥《トリ》。首の太いダチョウが一番近いのかもしれない。

「すげぇだろ？〝ロックバード〟っていう魔物なんだぜ？」

エギエディルス皇子は、少しだけ誇らしげに胸を張った。ネコが獲物を捕まえて、飼い主に見せるアレに似ている。

ひょっとしたら言葉にはしないが、莉奈に褒めてもらいたいのかもしれない。

「……エドが……倒したの？」

鳥の化け物……ロックバードをマジマジ見ながら莉奈は言う。半開きの嘴《くちばし》の隙間《すきま》から長い舌が出ていて、目も開いたままだから死んでいるのだろう。少しずつ近寄りながらも、あまりの大きさに惚《ほう》けてしまった。

「当たり前だろ？　まっ少し手伝ってはもらったけど、止めは俺だぜ？」

フフンと至極ご満悦な様子のエギエディルス皇子に思わず近衛師団兵を見れば、その通りとばかりに首を縦に振っていた。

という事は……エギエディルス皇子の言っている事は、嘘《うそ》ではないのだろう。元より嘘をつくとは思わないけど思わず確認してしまった。

「……エド……スゴいね？　ケガはない？」

莉奈は優しく、エギエディルス皇子の頭を撫《な》でた。これだけ大きい魔物と戦ったのだから大丈夫かな……と。

「こんな雑魚《ざこ》に、ケガなんて負う訳がないだろ？」

「エドは強いんだね」

莉奈は、感心した様にニコリと笑った。ちょっとだけ自慢気に言うエギエディルス皇子が可愛い……と思った。

「フェル兄には、到底敵わないけどな」

魔王と比べたらイカンでしょ？　と、口からポロっと出そうなのを何とか飲み込む。

「場数が違うでしょ？　それに、勝負するモノでもないし……エドはスゴいよ」

莉奈は、エギエディルス皇子の頭を優しく撫でながら言った。

魔王と比べるのがオカシイ。それに誰《だれ》が上で誰が下なんて、莉奈にしたらどうでもいい事だ。エギエディルス皇子が倒した、その事実だけで充分だ。

「……そ……うかよ！」

エギエディルス皇子は、莉奈に褒められて恥ずかしいのか、そっぽを向いていた。


「………はぁ～……しかし、デカイ鳥」

もちろんだが、莉奈は〝魔物〟を初めて見たのだ。いるとは聞いてはいたが、実際見るのとではまったく違う。迫力もさる事ながら、少しだけ異世界に対する畏怖《いふ》を感じた。

運がいいのか悪いのか莉奈が【召喚】されたのは、王宮の一室。そして、王達の厚意により離宮に住まわせてもらっている。

王宮から出たことがない莉奈は、魔物とは無縁の生活なのだ。箱入り娘並みの生活をエンジョイしていた。

「ロックバードな！」

大分満足した様子のエギエディルス皇子だったが、褒めて褒めてとないハズの尻尾《しっぽ》が見える。

「ロックバードね……でも、コレどうするの？」

見せたかったのは分かる、だがその後はどうするのだろうか？

「あぁ……羽根とか爪とかは、それなりの値段で売れるから売る。装飾品と武具に使えるからな」

「ふ〜ん？　肉は食べるの？」

これだけ大きいのなら、食べごたえがありそうだ。

「あ？」

「肉は食べるの？」

エギエディルス皇子が、ビックリした様に聞き返したので、莉奈はもう一度言った。

「はぁ〜⁉　魔物なんか食わねぇよ‼」

エギエディルス皇子は、改めて驚くと叫びにも似た声を上げた。

どうやら魔物は食べないらしい。確認も兼ねて皆を見たら、ものスゴい形相でブンブンと首を横に振る。

「ふ〜ん？」

食べられないのか……と、ロックバードをチラリと鑑定して視た。

【ロックバード】

山岳地帯、山肌に生息する鳥類系の魔物。

〈用途〉

羽根や爪等は、装飾品や武具に使える。

〈その他〉

モモ肉、ムネ肉は食用に向いている。絶品。


…………〝絶品〟。

……マジで⁉　美味《おい》しいのかよ‼

莉奈はこの結果に一人驚愕《きょうがく》し興奮していた。

別に皆を信じていなかった訳ではない。魔物を【鑑定】した事がないからしてみたかっただけ。

基本的に【瘴気《しょうき》】とは魔物を生み出すもの。

魔物を生み出す【瘴気】に触れていた生物をなるべく口にしないのがこの世界の常識だ。

なのにまさかの【絶品】表記。

そもそも鑑定士自体が少ない。莉奈みたいに、食べられるかどうかを鑑定できる者はさらに稀《まれ》だとか。なら、誰かが一度は口にしない限りは分からない。

口にした所で、ククベリーの時みたいに酸っぱい事もある。何時どの状態が美味しいのか、気付かない事もあるのかもしれない。

「う〜〜ん？」

どうしたものかと唸《うな》る。言うべきか言わざるべきか……莉奈は首を傾《かし》げていた。個人的には食べてみたい。

「誰か……これ解体してくれる？」

食べられると表記されている、新鮮な肉がココにある、美味しいのなら食べるべきでしょう？なら【鑑定】をした自分が魔物を食べた最初の一人になればいい。

〝ナマコ〟だって〝エスカルゴ〟だって、見た目はキモイのに誰かが食べたから今がある。【鑑定】をした自分が責任を負えばいい。

莉奈は、魔物ロックバードの解体を頼む事を決意した。

「はぁ？　解体なんかさせてどうすんだよ⁉」

普段は然《しか》るべき場所で解体をして、売り物になる部分とそうでない部分を分ける。なのに今解体して欲しいと頼む莉奈に、エギエディルス皇子は驚いていた。

「食べる」

「「「「はぁァァ――――――っ⁉」」」」

これには、全員驚愕、絶叫ものであった。普段冷静で叫ばないであろう、近衛師団兵の皆さえも声を上げていた。長時間【瘴気】に触れ育った生き物……ましてや魔物を食べるなど、絶対にあり得ないからだ。

「お……おま……」

「リ……ナ!?」

「……魔……物を……食べる!?」

皆は驚愕し過ぎて、言葉が出ない。パクパクと鯉の様にしているだけだった。信じられないのだろう。もはや……恐怖、脅威、凶行としか言えない行動だ。

「食べるよ？」

莉奈は、もう一度言った。だって絶品と表記されてるんだもん。

「マ……ジで？」

「マジマジ、大マジ」

「「「「…………」」」」

改めて聞いたその言葉に、一同唖然呆然《あぜんぼうぜん》である。かつてそんな強者《つわもの》がいたであろうか……。

「い……いや……だけど【瘴気】に触れた魔物を食べるのは……」

男の近衛師団兵の一人が、少し放心状態に似たか細い声で言った。

「ん、でも【鑑定】で食用って出てるし食べるよ？」

しかも〝絶品〟……それに、魔物を食べるいい機会だ。日本にいたら絶対に食べられない。

「「「マジで⁉」」」

エギエディルス皇子だけではなく、全員がさらに驚愕していた。

莉奈の技能《スキル》が【鑑定】なのは聞いてはいたが、そんな詳しく表記されているのには驚きだった。

その人により何に特化した鑑定能力かが変わる。要はオプションだ。

〝それが何なのか〟のみの【鑑定】もあれば、ラナ女官長みたいにスリーサイズが測れるオプションもある。

莉奈は、その物が食べられるか否かの判別が、オプションになっていたのだ。

「「「「…………………」」」」

唖然呆然とはこの事みたいだった。何をどうツッコんでいいのか……皆はただただ、顔を見合わせたりしているだけだった。

◇◇◇

——小一時間後。

ロックバードは〝お肉〟になった。

近衛師団兵たちは戸惑いながらも、莉奈の言う通りに、モモ肉とムネ肉を捌《さば》いてくれた。

それが今厨房《ちゅうぼう》のテーブルにドカーンと乗っている。身はプリプリっとした、キレイなピンク色のデカイ鶏肉《とりにく》である。

近衛師団では魔物の解体も教わるらしくて、肉の断面はとてもキレイだった。

「で？」

エギエディルス皇子が、どうするのだと訊《き》いてきた。いまだにこいつマジで食べるのかよ……という顔をしている。

「まぁ……味をみない事には分からないから、味見用に少し焼く」

莉奈は、普通の鶏肉の何百倍もデカイ〝モモ肉〟を、まず味見だと手のひらサイズの大きさにナイフで切り取った。良く切れるナイフなので分かりづらいが、肉質としては結構な弾力がある。

そして、そのモモ肉をさらに一口大に切り分けると、温めておいた小さなフライパンに乗せた。

――ジュッ。

心地《ここち》いい焼ける音がする。そして音と共に、鶏肉の焼けるいい匂《にお》いが厨房を駆け巡り始めた。焼いている肉からは、鶏《とり》の脂がジュワリと染みだしている。いい具合に脂がのっている証拠だ。それがまた、フツフツと堪《たま》らない匂いを出していた。この脂で野菜を炒《いた》めたら、それだけでご馳走《ちそう》になるだろう。

「すげぇ……いい匂い」

エギエディルス皇子が呟《つぶや》いた。

魔物を焼くのさえも初めてなのだ。まさかこんなイイ匂いを放つとは、想像もしていなかったのだろう。

——ゴクリ。

あれだけ散々な事を言っていた皆も、この匂いを嗅《か》ぐと自然と生唾《なまつば》が出るから不思議だ。

莉奈は両面をしっかり焼くとパラパラと塩を振った。味見だからただの塩焼きである。キレイなきつね色にこんがりと焼けた。

「……完璧《かんぺき》」

莉奈は、ポソリと言った。小皿に盛ったロックバードのモモ肉は、普通の鶏肉と寸分の違いもない。匂いも見た目も完全に鶏肉だった。

「……では……いただきます」

不安そうな者、怪訝《けげん》そうな者……すでに若干ヨダレを垂らしている者もいるが、莉奈は皆が見守る中、それを一口で頰張《ほおば》った。

——モグ。

口に入れた瞬間莉奈は、目を見張った。まず、鶏肉の脂が美味《おい》しいのだ。しつこくない味……そして噛《か》むと、ものスゴい弾力が歯に伝わった。

——モグモグモグモグ。

ロックバードのモモ肉を、今度はしっかりと噛み味わった。噛めば噛む程、美味しい肉汁が口いっぱいに溢《あふ》れる程広がる。

「……う……」

莉奈は、口を押さえプルプルと震えていた。

「……お……おい……リナ⁉」

表情は見えないが微《かす》かに震える莉奈を、エギエディルス皇子が心配そうに覗《のぞ》き込んだ。やはり魔物を食べさせるべきではなかったかと……。

「うんっっっまぁ〜〜い‼」

そんな心配をよそに莉奈は、あまりの美味しさに声を上げた。

地鶏なんかより味が濃く、弾力のある肉からは溢れんばかりの旨味《うまみ》……肉汁が出てきていたのだ。

歓喜に震えるとはまさにこの事だった。

「「「えぇエエエっ⁉」」」

皆が驚愕して叫ぶ様な声を出した。まさに絶叫と言ってもいい。

「うっま〜〜マジでうっま〜」

莉奈は叫ぶ皆を無視して、もう一つ口に放り込んだ。

地鶏よりこっちの方が美味しいくらいだ。スープに入れたら鶏コンソメとはまた違った、簡単で美味しい鶏出汁《だし》が出て最高に違いない。

「……う……まい……のかよ⁉」

エギエディルス皇子が目を丸くしていた。

「マジでうまい、超最高‼」

さらに莉奈はもう一つ口に頬張った。病み付きになる味だ。正直こっちの方が鶏の味が濃いので、個人的にはロックバード派だ。

……アハハ……〝ロックバード派〟。

鶏は何派？　ロックバード派……そんな事を言う日が来るとは思わなかった。おかし過ぎる。

「「「…………」」」

信じられないという皆の表情《かお》。確かに匂いは美味しそうだが……あの魔物〝ロックバード〟だぞ？

だが、表情《かお》とは裏はらに喉《のど》がゴクリと動いていた。

「一つちょうだい」

皆が今までの常識と現実に葛藤《かっとう》している中、莉奈の言葉と匂いに負けた者がいた……リリアンである。

莉奈は、こんがりと焼けたロックバードを、リリアンに差し出した。論より証拠、食べるが勝ちである。

リリアンは皆が注目する中、躊躇《ちゅうちょ》する事なくその小皿にのったロックバードを一つ頬張った。

「んん⁉」

リリアンもその脂の味にまず驚いている様だった。そして咀嚼《そしゃく》すると肉汁が溢れんばかりに出てくる。堪らない美味しさだ。

「アハハハハ‼」

あまりの美味しさに、リリアンは壊れた。


しばらく壊れた様に笑っていたリリアンは、一瞬だけ正気に戻った。そして、小皿に残っているロックバードにサッっと手を伸ばし、さらに素早く一つ取った。

莉奈は、呆《あき》れながらもその手を止めなかった。一つ減ったところで問題はない。

焼いていない肉が、まだまだ充分ある。食べたければ焼けばいい。


「「「…………」」」

皆はリリアンを見て、ドン引きしていた。また一つ食べたリリアンが、何がそんなに可笑しいのか、また笑い始めたからだ。

そんな彼女を見て、完全に及び腰のエギエディルス皇子。その様子に莉奈は苦笑いしていた。確かにあれはない。

一瞬笑い毒でも入っているのか……？　ってくらい笑っているのだから。

「エド……美味しいから、食べてみなよ」

このままでは味見の分がなくなる。莉奈は小皿に残った最後の一つを、エギエディルス皇子に勧めた。

「冷めたら固くなって、美味しくないよ？」

と莉奈が改めて勧めれば、おずおずと手を小皿に伸ばした。

「…………っ！」

少し大きめの肉を、勇気をもって一口でいったエギエディルス皇子。しかし、口に入れた瞬間に目を見張った。

そう……このロックバード、染みだした脂がまず美味しいのだ。肉はいわずもがなだが、溢れる肉汁は濃厚な鶏のスープだった。

エギエディルス皇子は溢れない様になのか、口を手で押さえながらモグモグと食べていた。

「……だ……大丈夫ですか？」

近衛師団兵の一人が心配そうに声を掛けた。

いくらなんでも、ここはやはり自分が先に毒見……いやそもそも食べさせるべきではなかったのだ、とオロオロしている。

「うっっまい‼　すげぇ旨《うま》い‼　なんだよコレ‼」

エギエディルス皇子は皆の心配などよそに、ものスゴく目を瞬かせていた。初めて食べる魔物ロックバードは、お口に合った様だ。

「でしょ？　ロックバード美味しいよね」

「旨い‼　鶏肉《とりにく》より旨い‼」

エギエディルス皇子は、魔物に良い印象がなかった分、余計にその美味しさに驚いていた。

……ゴクリ。

エギエディルス皇子までもがそう言うならば、それは間違いなく美味しい証拠。そう思ったリック料理長達は、莉奈からのGOサインを、忠犬の様に待っていた。

「俺、もっと食べたい！」

エギエディルス皇子は、皆の存在を忘れて莉奈にねだっていた。

莉奈は苦笑いする。リック料理長達もヨダレを垂らしているように見えたからだ。

「ハイハイ。んじゃ、食堂で待ってて」

「わかった‼」

莉奈が食堂で待つ様に言えば、エギエディルス皇子は元気な返事を返して、パタパタと走って行った。

「近衛師団の皆さんも、お召し上がりになりますか？」

と振り返り莉奈が言えば、

「「「「ありがとうございます‼」」」」

と実に良い返事を返し、一団はエギエディルス皇子同様に厨房を軽やかに出ていった。

「エドと近衛師団の分は私が作るから、みんなは自分達の分と食堂にいる警備の人達の分よろしく」

「「「「イエッサー‼」」」」

ナゼに軍隊？　妙な返事と敬礼をする皆に再び苦笑いしつつ、莉奈はエギエディルス皇子達の肉を、用意するのであった。

◇◇◇

厨房《ちゆうぼう》にはロックバードの焼ける、イイ匂《にお》いが再び充満し始めた。リック料理長達も各々焼きながら、口元からは笑みがヨダレが零《こぼ》れている。

「あっ！　鶏《とり》から出た脂は捨てないで、この小さい寸胴に入れといて」

莉奈はその様子を見つつ、ハッと気付き慌てて皆の近くに小さい寸胴を置いた。

「……？　脂なんてどうするの〜？」

誰《だれ》とは言わないが、そんな疑問の声が上がった。

「調味料の一つとして使えるよ？」

「「……え？」」

「スープにちょい足ししたり、これで野菜炒めたりすると……」

「「すると……？」」

「スゴく美味《おい》しい」

「「「取っとく!!」」」

莉奈が使い方を説明すれば、皆は嬉々《きき》としてその寸胴に、溢れた脂を入れ始めていた。

いわゆる鶏油《チーゆ》。身や皮から出た鶏の脂。これがまた美味しいのだ。野菜炒《いた》めは勿論《もちろん》、ご飯があればコレで炒めてチャーハンに……温野菜に掛けてもコクが出る。

ちょっとした万能調味料。これとニンニク油〝マー油〟があれば最高だ。莉奈は、後でマー油も作っておこうと決めた。


厨房には鶏肉……ロックバードの焼けるイイ匂いが溢れていた。だが今回は大量な訳で、食堂の方にも匂いが広がる。

ナゼかそれに混じって……ニンニクの焼ける独特の香ばしい匂いがしていた。

「え……リナ?」

リック料理長が莉奈の作る、フライパンの中身を凝視した。

皆が皆、莉奈が味見をしたときの様に、ロックバードのモモ肉やムネ肉を、ただただ焼いていた。

だが、莉奈はフライパンに軽く油を引いて、先にニンニクを、次にモモ肉を入れていた。予想外のオプションだ。

「ん?」

「ん？　じゃねぇよ‼　そういう事は先に言えよ‼」

キョトンとした莉奈に、皆がツッコミを入れた。莉奈のやる事＝旨い……が常習化していて、アレンジなど考えていなかったのだ。

だからそういう事をやるならやるで、先に教えて欲しいと叫んでいた。

「俺もニンニクで焼く‼」

「俺も‼」

「あ……あたしは、ニンニク臭くなるからイイや」

ニンニクの焼ける独特の香りに、ある者は負け、ある者は匂いを気にして入れない選択肢を選ぶ。

皆、思い思いに再び肉を焼き始めていたのだった。

◇◇◇

「はい、エドどうぞ」

出された平皿の上にはニンニク臭くはならない程度の、軽めに香りをつけて焼いたロックバードのソテー。クレソンがあったから飾りつけ程度にのせてある。

「近衛師団の皆さんもどうぞ」

エギエディルス皇子とまったく同じ物を、五人いる近衛師団兵達の前に置いた。

「「「ほぉ～～っ‼」」」

鶏油のイイ匂いと、食欲をそそるニンニクの香り、そして見るからに香ばしい色に嬉々とした声が漏れた。

「あっ、エドには〝カクテルもどき〟もあるよ？」

ククベリーのジュースも追加で出してあげた。

勿論ミルクセーキも作ってあるが、ミルクセーキでは少しお酒っぽくないから、さっき即席で作ったククベリーのジュースだ。ククベリーとシュガーシロップ、レモンと水で簡単に作った物。

ワイングラスに注ぐと、ククベリーの果汁が赤いから赤ワインに見えた。ロックバードのソテーと合わせたら、レストランでディナーをしている様にも見えるだろう。

「ワインっぽい‼」

大人っぽくなれる、このジュースにエギエディルス皇子は、ものスゴく嬉《うれ》しそうな表情《かお》を見せた。

ワイングラスを持ってクルクルと、テイスティングする様に回して楽しむと、それを一口飲んだ。

「ククベリー……ククベリーだな？」

兄王フェリクスが、カクテルの時にやっていたみたいに楽しんでいる。

「後は？」

可愛《かわい》いなと思った莉奈は、面白そうに訊《き》いてあげた。

「あと……？　後……」

エギエディルス皇子は首を傾《かし》げた。後に何が入っているかまでは分からないらしい。一生懸命チビチビとテイスティングしている。

「殿下、分かりませんかね？」

莉奈は、さらに面白そうに訊いた。

この世界、レモン水というジュースに似た飲み物はあるが、ジュースはなかった。ならば、ジュース自体初めてだし、レモン汁を入れるなんて分からないだろう。

「……う〜ん？　レモン……レモンの香りがする」

エギエディルス皇子は、味からは分からなかった様だが、微量に入っている新鮮なレモンの香りに気付いた様だった。

「正解にございます、殿下」

莉奈は一礼して見せた。良く分かったなと感心する。甘さを引き立てる程度にしか入れていないのに、スゴい事だ。

「正解した殿下には、ミルクセーキとチーズオムレツ、そしてパフェをプレゼント」

コトンコトンと魔法鞄《マジックバッグ》から取り出し、エギエディルス皇子の前に出してあげた。量が多くて食べきれないだろうけど、魔法鞄《マジックバッグ》があるから平気だろう。

「すげぇ〜」

エギエディルス皇子は、あまりの豪華さに目を瞬かせていた。そしてどれから食べようか、目移りしてキョロキョロしている。

まぁそれよりも、それを横目で見ていた、近衛師団兵の皆の方が面白かった。見た事のない料理と数に、しばらく口をあんぐり開けてたから。


「……ど……どうしよう」

歓喜で軽くパニック状態のエギエディルス皇子。どれから食べようか迷い箸《ばし》ならぬ迷いフォークをしている。

「とりあえず、ロックバード以外は鞄にしまったら？　熱々の内にどうぞ？」

莉奈は向かいの席に座り、可愛いなとクスクス笑いながら提案した。冷たいデザートは最後かなと。明日でもいいしね？

「だな‼」

エギエディルス皇子は、大きく頷《うなず》くといそいそと自分の魔法鞄《マジックバッグ》にしまった。だが、小さめに作ったチーズオムレツは食べる気なのか、テーブルに残していた。

「はぁ〜。ニンニクと焼くとさらに旨《うま》いな〜」

エギエディルス皇子は、ナイフとフォークを器用に使いモグモグとロックバードのソテーを堪能していた。

その優雅な姿は、やっぱり皇子様なんだなと、莉奈は少し見惚《みと》れていた。

生意気盛りなエギエディルス皇子が、姿勢も良くお行儀も良く、しっかりとしているのだ。弟が同じ歳《とし》だとしても、こんな優雅な雰囲気は出せないだろう。

「うっま」

「マジかよ……あのロックバードだぜ⁉」

「信じられねぇ……魔物が……旨いとか」

「くっそ！　知ってたら燃やしたり、棄てたりなんかしなかったのに‼」

「俺達は……こんなに美味《おい》しい肉を棄ててたのか！」

近衛師団兵の皆は、ロックバードを食べながらも嘆いていた。今の今まで必死に倒した魔物……こんな美味しい〝肉〟を、廃棄していたかと思うと、悔しいやら悲しいやら心中複雑らしい。

「何を……食っている？」

ひっそりと戻って来たゲオルグ師団長が、低い声で訊いた。

部下である近衛師団兵が美味しそうに食べている物を、ゲオルグ師団長が静かに見下ろしている。

自分がフェリクス王に、無事の帰還と状況の報告をしている間に、コイツらは何を美味しそうに食べているのだ……と。

「「……えっと……肉？」」

上司が一人報告に行っているなか先に食べていたのはマズかったと、今さらながら戸惑っていた近衛師団兵。

「………」

ゲオルグ師団長のこめかみがピクリと動いた。そういう話ではない‼　と言いたいのだろう。

気まずい、イヤな空気が流れた。

「あっ、ゲオルグさんおかえりなさい……ゲオルグさんのもありますから、こちらにどうぞお座り下さい」

と莉奈は、自分の隣の席を勧めた。

皆が恐々としているピリピリした空気の中、莉奈はそんな空気をものともしないのか、何事もない様にしていた。

「……」

莉奈の声に振り向きつつも、まだ部下の態度に不機嫌気味なゲオルグ師団長。

「チーズオムレツとロッ……チキンソテーがありますよ？」

莉奈はグッと飲み込んだ。ヤバイヤバイ……あやうくロックバードと、口を滑らすところだった。

先に言っては面白くない。

「リナに免じて……よしとする」

ゲオルグ師団長がそう言えば、やっと近衛師団兵はホッと息を吐いた。

◇◇◇

「……っん‼」

ゲオルグ師団長は、念願のチーズオムレツを一口頬張《ほおば》ると、フニャリと頬を緩ませた。その瞬間、先程までのピリピリした空気が和らいだ。

「はぁ～っ……ふわふわでウマイなぁ」

ニコニコと笑いながら、お皿に盛ってあったチーズオムレツを三口で平らげていた。

……一口デカっ‼

莉奈は、あまりの速さと一口の大きさに、ビックリしていた。

ゲオルグは手のひらサイズはあったであろう、チーズオムレツをたった三口で食べたのだ。

「……足りなければ……どうぞ？」

絶対に足りないと感じ取った莉奈は、自分の分に作っておいたチーズオムレツを魔法鞄《マジックバッグ》から取り出してあげた。

「おぉ‼　悪いなリナ……お礼にポーションをあげよう」

……ナゼ？　まぁ……くれるなら貰《もら》いますけど。

莉奈は予想外、斜め上の行動に言葉が出なかったが、お礼を言うと差し出されたポーションを魔法鞄《マジックバッグ》にしまった。

「はぁ～～っ。チーズオムレツは旨かった～。さて……チキンソテーを」

チーズオムレツの余韻も堪能しながら、チキン……ロックバードのソテーにナイフを入れた。誰《だれ》も何も言わないので、ただの鶏肉《とりにく》だと思っているに違いない。

「……!? うんっまっ!! なんだこの鶏肉……スゴいウマイ！」

ゲオルグ師団長はこれまた大きな口で頬張ると、その美味しさに目を見張っていた。

「……だろ？ それ……ロックバードの肉なんだぜ？」

エギエディルス皇子は、チーズオムレツを頬張りつつ、ニヤついている。知らないで食べてる姿が面白い様だ。

「……ぐ？」

聞き間違いかと、ゲオルグ師団長は咀嚼《そしやく》を止めた。エギエディルス皇子はさらに、人の悪い笑みを零《こぼ》した。

「ロックバード」

「ブフッ!!」

ゲオルグ師団長は吹き出した。

「きったねぇな～」

斜め向かいにいたエギエディルス皇子は、危うくゲオルグ師団長が吹き出したモノが掛かるところであった。

「ロ……ロ、ロック……バード────⁉」

あまりの衝撃にゲオルグ師団長が叫んだ。

「いやいやいや……冗談ですよね？」

「いや？　マジでロックバード」

なっ？　とエギエディルス皇子は皆を見る。皆は苦笑いしつつ何度も頷いた。

「は？　いや……だって……魔物ですよ⁉」

その様子に皆が騙《だま》しているとは思えなかった。……が、ゲオルグ師団長はそれでも信じきれないのか、皿と皇子を見た後エギエディルス皇子にもう一度確認する。

「だよな～。俺も一部始終見てなきゃ信じられねぇし」

「……い……いや……でもナゼ食べようなどと……」

「あ～……コイツが【鑑定】したら〝食える〟って、表記されてな？　食ってみたって訳」

と莉奈を視線でさしながら小さく笑うエギエディルス皇子。

莉奈が【鑑定】を使える事も、そんなオプションがある事も今初めて知ったゲオルグ師団長は、隣に座る莉奈をマジマジ見る。

「〝美味しいは正義〟ですよね～？」

そんなゲオルグ師団長に苦笑いを返し、莉奈はゲオルグ師団長が汚したテーブルを布巾《ふきん》で拭《ふ》いていた。そんな目で見られても何も返答しようがない。

「確かに……美味しいは正義だが……」

何か腑《ふ》に落《お》ちない……と小首を傾《かし》げるゲオルグ師団長だったが、美味しければいいかと、結局はロックバードに舌鼓を打っていたのであった。


「……殿下、まだお酒を嗜《たしな》むのは……」

食事を終えたエギエディルス皇子が、優雅にワイングラスを傾けていると、それを見たゲオルグ師団長が、至極恐縮そうに注意する。

エギエディルス皇子と莉奈は、顔を見合わせてクスリと笑った。赤いククベリージュースは、ワイングラスに入っているせいか狙《ねら》い通り赤ワインに見えた様だ。

「ゲオルグ……一口飲んでみろ」

面白そうに、ワイングラスをゲオルグ師団長に差し出した。

「いや……しかし、職務中ですので……」

「俺が許す」

エギエディルス皇子がさらに勧めれば、ゲオルグ師団長は渋々それに口を付けた。

――――ゴクリ。

「……え……？　……甘い」

ゲオルグ師団長は口にした瞬間、瞠目《どうもく》していた。

〝ワイン〟だと頭ごなしに考えていた。だが、甘く一切酒精を感じない〝コレ〟に今度は眉《まゆ》をひそめる。

「それ、酒じゃねぇよ。酒モドキってやつ」

騙せた事に大満足なのか、エギエディルス皇子は意地悪そうに口端を上げた。

「酒……モドキ」

「ただのジュースだよ。これもコイツが作ってくれたんだ」

と顎《あご》で差すように莉奈を見た。それにならってゲオルグ師団長も莉奈を見る。

「お酒を飲めない人用に……と作ってみたんですよ」

人を顎で差す皇子に呆《あき》れながら、驚いているゲオルグ師団長に莉奈は言った。

そこまで驚かせられたのなら、このジュース〝カクテルもどき〟の意図として大成功である。

「……なるほど」

ゲオルグ師団長はワイングラスを傾け、ククベリージュースを見ると感心した様に頷く。確かにお酒を嗜めない人にはこういうのも有りだと、納得していたのだ。

◇◇◇

「はぁ～腹一杯」

　エギエディルス皇子は、満足そうにお腹《なか》をさする。美味《おい》しい上に、少しだけ大人の気分を味わえて、気分がイイ。

　魔法鞄《マジックバッグ》からミルクセーキを取り出し、食後のデザート代わりに飲もうとしていた。

「しかし、ロックバードがこんなにも美味しいとは……今まで勿体《もったい》ない事をしてましたな」

　王宮や宮を囲む塀を出れば、そこかしこに魔物はいる。ロックバードも、少し離れた場所にはなるとはいえ、何処にでもいる魔物だ。それを今までに、何百と倒しては廃棄していた。

「だよな～」

「とにもかくにも、まずは陛下にお伝えして判断を仰ぎましょう」

　ゲオルグ師団長はガタリと席を立つ。

　そう、美味しいと分かったからといって、近衛師団がホイホイと勝手に討伐する訳にはいかない。

「……だな」

　エギエディルス皇子も自分が報告に行くと立ち上がったが、ゲオルグ師団長は「殿下はどうぞ、そのままで」と足早に食堂から出て行った。

「……食べられる様になるといいね？」

莉奈は、もはやシェイクだかミルクアイスだか、なんだか分からなくなってしまった物を口にする。だが、味は美味しい。

「食べられるんじゃね？　鶏肉《とりにく》だってそんなに量はないし、安定供給出来てる訳じゃねぇ。ロックバードの許可が下りれば……国全土にも届く程の量が確保出来るしな……まぁ、危険は伴うけど」

食後のミルクセーキを飲みながら、エギエディルス皇子が言った。これまたグラスを傾けながら、楽しんでいる。

「罠《わな》とかで、簡単に捕まえられないの？」

猪とか熊とか捕まえるみたいに？　と莉奈は考えてみる。

「あー……〝ロックバード〟は闘争心が強いんだけど、その分警戒心も強いから、罠とかあんま引っ掛からねぇんだよ。それにアイツ等フェル兄をチラッと見ただけで、ギャーギャー言ってすげぇ勢いで逃げてくんだぜ？　臆病《おくびょう》なんじゃね？」

「…………」

絶対違う‼

莉奈は、ドン引きした。絶対臆病とかじゃない気がする。

――魔物が逃げてく〝王様〟ってナニ？

……こっわ……やっぱ魔王じゃん‼

みなさ～～ん、この国〝魔王〟が治めていますよ――‼

ここは王城は王城でも……〝魔王城〟だった。


――数十分後――。


魔王様が食堂に現れた。

驚く暇もなく、皆は両膝《りょうひざ》を折った。

だが莉奈は……テーブルの下に隠れた。

「お前は……何をしている？」

そんな所に隠れてもすぐに見つかり、フェリクス王は呆れた様に、その長い長い脚で椅子を後ろに引いた。しゃがんでいた莉奈は丸見えである。

皆が皆両膝を折る中、お前は何故《なぜ》テーブルの下に身を隠す。

「かくれんぼですか？」

同行して来たシュゼル皇子が、首を傾げ楽しげに言った。予想を斜め上にいく莉奈の行動が面白い様である。

「…………」

莉奈は、自分でも何故隠れてしまったのか分からない。エギエディルス皇子が、ロックバードも

王を見て逃げ出すとか言うものだから、怖くてつい身を隠してしまったのだ。

うん、自分は悪くない……そう思った莉奈は、正直に言う事にした。

「末の弟君、エコロジー殿下がどんな魔物も国王陛下を見れば裸足で逃げ出すとおっしゃいましたので怖くて……つい」

莉奈は、改めて両膝を恭しく折ると、少しだけ尾ひれを付けて事実を言った。

そもそも魔物が靴なんか履いている訳はないから、始めから裸足だけど……ね？　と内心笑っていた。

「……えぇっ⁉」

とんだとばっちりを受けたエギエディルス皇子は、目をパチクリさせ、思わず兄王をチラリと見た。

「……ほぉ？」

当の兄王は目を眇《すが》め末の弟を見下ろしていた。陰で兄の事をそんな風に言っているのか……と。

「……いやいやいやいやいや」

エギエディルス皇子はビクリと一つ肩を震わせると、冷や汗を掻《か》きながら慌てて、首やら手やらを高速で振った。

「……そ……そこまでは言っていない」

「近い事は言った……と？」

「………げっ」

失言である。言ってないと言えば良かったのに、兄王の圧にウソがつけなかった。慌てて口を押さえたが、そんなの後の祭りだ。イヤな沈黙、重い空気がエギエディルス皇子と部屋を押《お》し潰《つぶ》し始めていた。

……クスクス。

そんな空気の中、ほのほのとした笑い声が響く。

「シュゼル」

フェリクス王はもう一人の弟を睨《にら》んだ。

「ダメですよ？　エコロジーをイジメては」

「………」

兄はさらに目を眇めた。

苛《いじ》めた覚えもないが〝エコロジー〟で通すのか……と。

「そもそもが……本当の事ではないですか？」

とシュゼル皇子がイイ笑顔で言えば、場の空気が一気にピキリと凍った。

フェリクス王の眉間《みけん》の皺《しわ》が深くなったせいなのか、シュゼル皇子が放った爆弾発言のせいなのか。

フェリクス王が強いのは自国では老若男女、誰《だれ》もが知っている事実だ。

だが……魔物が逃げ出す程とは聞いてはいない。

……ロックバードだけじゃないのかよ。

莉奈は、ドン引きを通り越し目眩《めまい》を起こしていた。

「……話を盛るな」

フェリクス王は舌打ち混じりに、低い声で言った。大袈裟《おおげさ》だと言いたいらしい。

「では、一つお訊《き》きしますが、スタンピードの時はともかくとして、それ以外で最近外に出られた時、魔物に襲われる事がありましたか？」

「…………」

〝外〟というのはいわずもがな、王宮を囲む塀の外。

フェリクス王の、眉間の皺がさらに深くなった。〝是〟と即答しないのが、シュゼル皇子の話がフィクションでない事を物語る。

莉奈は、フェリクス王が魔王だという事を確信に変えた。

「「「…………」」」

皆は絶句、顔面蒼白《そうはく》。カタカタ震えている人もいる。魔物より恐ろしいモノがこの国の頂点にいる……。

誰ともなく自然と深く深く頭を下げていた。

フェリクス王を良く知っている……と自負していたゲオルグ師団長も、唖然《あぜん》としていた。だが、よくよく考えてみれば不可思議な事は多々あった。

王を伴い魔物討伐に向かった時、やけに魔物が少ないとか、魔物が騒いで逃げ出すとか。自分達がいて小物が畏《おそ》れをなし逃げ出していた……と勝手に勘違いしていたが、そういう事かとストンと腑《ふ》に落ちた。

自分達が討伐していた時、確かに少しばかりは小物も逃げ出してはいたが、フェリクス王がいる時とは段違いだった。

ゲオルグ師団長は、ますますフェリクス王に敬服するのであった。

◇◇◇

「……で、リナ……ゲオルグに聞いたのですが、魔物ロックバードが食べられたとか」

魔王様の話はさておき、席に座ったシュゼル皇子が、改めて訊いてきた。ゲオルグ師団長に詳細を聞き【鑑定】をした莉奈に問うために来たのだ。

「食べられましたね。普通ムネ肉はパサつく事が多いのですが、脂も良くのっていて、美味《おい》しかったですよ？」

莉奈は、事細かに説明を始めた。

軟骨は大きいし固いしで論外、ボンジリ等も臭みがあったりで食用には向いていない様だ。しかし、肝心の肉でこれだけの量が取れればもうけものだ。

「美味しかったのですか」

「美味しかったですね」

「……で？」

「………で？」

そう問われて首を傾《かし》げる莉奈。〝で〟とはどういう事だろうか。

分かっていない莉奈に、シュゼル皇子はにこやかに微笑《ほほえ》んだ。

「私達には？」

自分達の分は？　と。

「……」

そういう事かと納得し、残っていたっけ？　と莉奈は周りを見る。エギエディルス皇子、ゲオルグ師団長達と自分のを焼いた後の事は知らない。皆に放り投げたからだ。

皆はブンブンと顔を真っ青にさせて振ったり、涙目で手を高速で振ったりしていた。要するに〝ナイ〟という事らしい。

またしても、王と宰相の存在を忘れ平らげたみたいである。まさかの学習能力ゼロ。

「皆様のお腹の中に消えました」

莉奈は皆を指差しニコリと笑った。

リナ――⁉

心の中で皆は叫んでいた。もう大絶叫である。

確かに食べてしまったけれども、王や宰相に是も非も言える強靭《きょうじん》なメンタルの莉奈に、どうにかして欲しいと願っていたのだ。

なのにサラリと、こちらにブン投げて来た。絶叫が口から出なかっただけでも奇跡だ。気の弱い料理人はブクブクと泡を噴いてぶっ倒れた。

「「「大変申し訳ありませんでした‼」」」

もれなく全員謝罪した。

王、宰相の冷たい視線が怖かったのだ。

実際ただ見ていただけなのだろうけど、非が自分達にあるためそう思えてしまったのである。

「……はぁ……一体この国の体制はどうなっているのでしょうか？　少し厳しくしていかなくてはなりませんね？」

自分達をさておいて完食してしまった臣下達に、シュゼル皇子はわざとらしく厳しい目を向けた。

「「「た……た、大変申し訳ありません‼」」」

平謝りするしかない料理人達。反論の余地はない様である。

味見をしたまでは良かったのだが、その後が大問題なのだ。

「……まぁ、無いものは仕方がありませんよね。私のモノを調理して来ますので、国王陛下、宰相様はそのままでお待ち下さい」

莉奈は小さなため息を吐《つ》くと、王の許可もないのに勝手に立ち上がり、厨房《ちゅうぼう》へとテクテクと歩いて行った。

「「「…………へ？」」」

頭を下げていた皆は、現状をわきまえず思わず顔を上げた。

今、莉奈はなんと言ったのか？

「オイ‼」

皆の心の声を代弁した様に、莉奈の背中にエギエディルス皇子が声を放った。

「ん？」

「ん？　じゃねぇよ！　お前今なんて言ったよ⁉」

「何が？」

「ロックバード残ってんのかよ⁉」

莉奈は確かに〝私のモノを調理〟と言った。この流れからして普段の鶏肉《とりにく》ではなく〝ロックバード〟の事だろう。

「残ってるよ？」

そう、実は莉奈、後で違う調理方法で食べようと、別に確保していたのである。

――はぁ～～⁉

両膝《りょうひざ》を折っている皆の心は、自然と一丸となっていた。

残っているなら早く言え‼

皆が何故《なぜ》、顔面蒼白になる前に教えてくれなかったのか。料理人だけでなく、近衛兵、なんなら
ここにいる全員が思っていたに違いない。

「なら、なんですぐ出さないんだよ！」

ウンウンと皆は正座のまま頷《うなず》く。

「だって当然取っといてあると思ってたし、〝コレ〟は後で〝からあげ〟にしてエドと食べようと
思ったんだもん」

莉奈は不本意なのか、口を尖《とが》らせブツブツと言う。

「「「…………」」」

料理人達は唖然である。

まず、王、宰相の試食用を取っておかなかったのは、自分達の落ち度だから仕方がない。だとし
ても、すぐに助けてくれても良かったではないのか？

そして、自分達も〝からあげ〟にすれば良かった！と。

一方のエギエディルス皇子は、もう何も言う事はなかった。〝自分のため〟〝からあげ〟という魅

惑的な言葉に、莉奈の後をピョコピョコとひよこの様に付いていく。

口元を緩ませない様に、一応は配慮はしたつもりだが……その浮き足でバレバレである。

「リナは……少しエコロジーを、甘やかし過ぎではありませんかね？」

「…………」

コイツはいつまで、末の弟をエコロジーと呼ぶのか、そして何をもって甘やかし過ぎと言うのか、フェリクス王は呆《あき》れていた。

そんな兄の冷めた目など気にしない、マイペースなシュゼル皇子は、エギエディルス皇子の席にあるドリンクを見つけた。

「リ〜〜ナ」

興味しかないシュゼル皇子は、本能の赴くままに莉奈を呼ぶ。

「私にも、このワイングラスに入っている飲み物を下さい」

ミルクセーキやククベリーのジュースの入っているワイングラスを指差した。

何ですか？　ではなく〝下さい〟と要求したシュゼル皇子を、莉奈は小窓から見て笑った。

〝ナニ〟かはとりあえずどうでもいい、とにもかくにも寄越せという事なのだろう。

「からあげと一緒にお持ち致しますね？」

と莉奈が言えば、シュゼル皇子は満足気に頷いた。

莉奈はそのシュゼル皇子の向かいで、心底ウンザリして横を向いているフェリクス王を見て、苦笑するのであった。

シュゼル皇子はからあげを揚げている間、それはそれは楽しそうにお行儀良く待っていた。

そんな弟とは対照的にフェリクス王は〝帰りてぇ〟……と大層不機嫌気味に態度もガラも悪く、イラつく様に待っていた。

料理人、ゲオルグ師団長、近衛兵は王、宰相の許可が出ないため、全員顔面蒼白で正座のまま固まっている。

……起立の許可はないのかよ。

小窓をふと見た莉奈はからあげを揚げながら、顔をひきつらせていた。からあげ……失敗したら命がない気がする。

「……エド……あっちで待ってたら？」

彼が行けば少しは和むかもしれないし、なんだったら起立の許可くらい取ってあげて欲しい。

「え？」

とエギエディルス皇子は、同じく小窓からチラリと見た。

小窓の前に作業台があるし、背が低いから多分良くは見えていないハズだが、ただならぬ雰囲気は読み取れたみたいだ。しばらく固まっていた。

「……えっと……コッチでいいや」

自分ではどうにもならないし、あの空間にお邪魔するには勇気がいるからだ。莉奈は苦笑いをした。

「なぁ、カクテルも作るのか？」

莉奈が魔法鞄《マジックバッグ》からお酒を取り出したので訊《き》いてきた。

「シュゼル殿下にお酒を貰《もら》ったから……それでね？」

鼻先に人指し指をあて、声のトーンを少し落とした。例の〝王家の秘酒〟を使うからだ。バレたら後がコワイ。

「あぁ」

勘のイイ皇子は、それですべてを察したのか再び小窓をチラリと見た。どうなるのか想像出来た様だ。

莉奈は、からあげを傍らで揚げ、その合間に王家の秘酒を使ったカクテルを作り始めた。皆がいたら作りづらいので、ある意味ちょうど良かった。

いつもはお洒落《しゃれ》に氷を使って混ぜるところだが、カラカラと余計な音を立てて、皆の余計な注目は浴びたくないので、グラスの中で直接混ぜる事にした。

今回はワイングラスではなく、オールド・ファッションド・グラスで作る事にする。このグラスは別名〝ロック・グラス〟といって、ウイスキーを入れて飲む時に、良く使われるグラスだ。

少し横幅があり、背の低い円柱の形をしている。

そこに「どうせ氷だろ?」と苦笑いしているエギエディルス皇子に、少し大きめの氷を一つ入れて貰った。

さらにハーリス・ウイスキーと王家の秘酒ドランブイを、2対1で注いで混ぜれば出来上がり。

〝ラスティ・ネイル〟というカクテルだ。グラスがグラスなので、見た目は渋いオジサマに似合いそう。だが味はハチミツの入ったドランブイが入っているのでかなりの甘口。

このカクテル、40種類のハーリス・ウイスキーが入った甘口のドランブイを、キリリとした辛口のハーリス・ウイスキーが締めて〝至高の味〟になるらしい。

何が〝至高〟で何が〝究極〟なのか……莉奈にはサッパリである。

フェリクス王は……飲まなそうだが、一応は用意しておく。皆にバレたらマズイから、二人には後でこっそりと渡そう。

ちなみにこれ、アルコール度数40もあるから、これが飲めるならシュゼル皇子も兄王に負けず劣らず酒豪という事になる。しかし、あの方の酒癖は気になるところだ。

厨房には誰《だれ》もいないが、一応辺りをキョロキョロと確認した莉奈はさらに声を潜ませた。

「ねぇ、エド……シュゼル殿下の酒癖って?」

気になって仕方がないし、誰もいない事だしコッソリと訊いてみる事にした。

「あ〜〜。それな」

エギエディルス皇子も、同じ様に辺りをキョロキョロする。あまり聞かれたくないらしい。莉奈に顔を近くに寄せろと、手でチョイチョイとした。どうやら教えてくれるみたいだ。

「シュゼ兄……酒を飲むと」

「酒を飲むと？」

「艶《つや》っぽくなるんだよ」

「へ？」

莉奈は目をパチクリさせた。

艶っぽく……？　艶っぽくってなんだ？

……そして、想像してみた。

あの超人気アイドルも真っ青の、超絶な美貌《びぼう》のシュゼル皇子が艶っぽくなる姿を……。

ナゼか、はだけた浴衣《ゆかた》を想像してしまったが……その瞬間、あ〜〜と納得した。

ただでさえ、見つめられたらドキドキするあの美貌に、艶っぽさが加わるのだ。まともに見られたら腰が砕けるだろう。

「だから人前で酒は禁止になってる。酔ったシュゼ兄に、正気を失う人間がいるから」

エギエディルス皇子が、苦々しく笑いつつさらに詳しく教えてくれた。お酒を飲んだシュゼル皇子は、傾国の美女ならぬ傾国の美男なんだそうだ。それも、男も女も関係なく虜になる程の艶っぽさだとか。

「あ～そう」

なら、見ないに越した事はない。多少怖いもの見たさはあるものの、遊び半分であの方にお酒を飲ませるのはやめようと、莉奈は心に刻んでおいた。


ちなみにエギエディルス皇子は、まだカクテルを口に出来ないから、作っている間、少し口を尖らせていて可愛《かわい》いかった。

莉奈はそんな姿を見て、いつか彼のために、カクテルを作ってあげようと小さく笑った。

さて……からあげもイイ感じに揚げ終わったので、莉奈は持って行く準備に取り掛かったのだった。


「大変長らくお待たせ致しました」

莉奈はその間も正座をし、魂が抜けてしまっている様な皆を横目に、王達のいるテーブルの上に出来立てアツアツの〝からあげ〟を置いた。

皆には悪いが、まだしばらくは、正座のままでいてもらう。〝からあげ〟を食べて、さっさとお引き取り願うのが手っ取り早いと判断したからだ。

「……見た目は……普通のからあげと変わりないのですね？　匂《にお》いもスゴくイイ匂いですし」

からあげを見たシュゼル皇子は、感慨深げにしていた。これが〝アノ〟ロックバードなのか……と。

「……あ～調理前の肉を、先にお見せするべきでしたね」

莉奈は謝罪した。まぁ、見せたところで違いなんて分からないだろうとも思う。

だって、普通に考えたら皇子は調理前の生肉を見ない。そして切り分けられたら鶏肉《とりにく》と大差ないし、よく見比べない限りは分からないのだ。

切る前なら大きさが段違いだけど。

「構いませんよ……それより頂きましょうか」

シュゼル皇子がそうニコリと微笑《ほほえ》めば、莉奈もナゼか平然と着席し「いただきます」……とからあげにフォークを刺した。

……はぁ⁉　リナ⁉

……お前はナゼ、当然の様に王族に交じっているんだ⁉

皆は驚愕《きょうがく》し口をあんぐりと開けていた。メンタル以前の問題、非常識極まりない行為。だが……ナゼかそれを王達は許可している。

……という事は、莉奈の行動を〝非常識〟と考えている我々の方が〝非常識〟になる訳で……。

もはや莉奈に関しては、自分達の常識を当てはめるのはやめよう……と改めて思う皆なのであった。


「んんっ⁉」

シュゼル皇子はからあげにカブリつくと、目を見張った。程よいニンニク風味のロックバードのからあげは、鶏肉より肉の味が濃厚で想像以上に美味だったからだ。

「はふっ。塩ニンニク……すげぇ旨《うま》い‼」

エギエディルス皇子も同じ様にからあげを口に頬張《ほおば》ると、途端にその頬が緩んだ。

莉奈が肉にすりおろしたニンニクを揉《も》み込んでから揚げていたのは見ていたが、こんなに美味《おい》しくなるとは思わなかったのだ。

「…………っ！」

莉奈の隣に座るフェリクス王も一口カブリつくと、皆に気付かれないくらい小さく驚いていた。

まずは鼻に抜けるニンニクのイイ香り、そして以前食べた鶏肉のからあげとは違う肉の弾力性。

最後に噛《か》み締《し》めれば噛み締めるほど、肉の旨味《うまみ》がジュースとして出てくるのだ。

あの魔物……ロックバードが旨いなんて驚愕ものである。

「いかがですか？」

莉奈は訊いてみた。莉奈的にからあげは大正解だと思う。衣のカリカリと心地《ここち》イイ弾力のお肉は相性が抜群だ。なにより美味しい肉汁が外に流れ出ないから、旨味が逃げず口一杯に広がる。最高である。

ニンニク醤油《しょうゆ》、マヨネーズ、酢胡椒《こしょう》……あ〜色々試したい。

「はぁ〜〜……大変美味しいですね。肉の味が濃くジューシーで……これがあの、ロックバードと思うとなんとも複雑ではありますが」

しみじみと言ったシュゼル皇子。嘴《くちばし》やその鋭い爪で攻撃してくる、凶暴なロックバードがこんなにも美味しいとは。

「あつっ！　……こんな……美味しい肉……はふっ……捨ててたんだぜ？」

ガツガツと食べながら、エギエディルス皇子は言った。

莉奈は良く食べるな……と感心していた。兄二人と違って先程、ソテーとチーズオムレツを食べている。なのに兄に負けじと頬張っていたのだ。

「そうですね？　勿体《もったい》ない事をしていましたね」

「だろ‼」

シュゼル皇子は、食べ物を口に含みながら話すものではない……とは言えなかった。

弟がなんだか、自分の功績の様に嬉々《きき》としていたからだ。自分が狩ってきたロックバードが、こんなにも美味しいので嬉《うれ》しいのかもしれない。

「……リナ」

かたんとフォークを置いたフェリクス王が、隣に座る莉奈に声を掛けた。

「なんでしょう?」

「お前の【鑑定】は何が視えている?」

それこそがフェリクス王の最大の疑問だ。

【鑑定】は人各々で違う。基本はその物の名称が分かるのみ、後はオプションなのだ。ならば、莉奈には何が視えているのか。

「……え～と……そのモノが食べられるか食べられないか……ですかね?」

ちなみに目の前にある水の入った、このグラスを【鑑定】すると……。


【タンブラー】

　シュトラス産の硝子《がらす》で造られたグラス。

〈用途〉

　主に水などの飲み物を注ぐ容器。

〈その他〉

　食用ではない。

毎回思うけど〝食用ではない〟……いるのかなこの一言？

……食べられないのは分かってるっつーの‼

【鑑定】をするたびに、バカにされてる感が半端ないんですけど？

莉奈は、思わずグラスを睨《にら》みつけていた。

「……ちなみにですが……そのグラスはどの様に？」

シュゼル皇子が、グラスを睨んでいる莉奈に訊《たず》ねた。鑑定で何がどう視えているのか、知りたいのだろう。

〝言いたくね〜〟とは言えないので、諦《あきら》めた様にボソボソと鑑定で見えた事を教える。もちろん……〝食用ではない〟事も。

「……えっと……食べられないと分かっているモノでも、そう表記されるのですか？」

シュゼル皇子は少し驚いた後、笑いを堪える様な表情をしている。

「そう……ですね」

コンチキショウ……と内心自分の鑑定に文句を言っておく。

「……お前……【鑑定】も面白いな」

フェリクス王は、ニヤリと口端を上げた。

……だ〜か〜ら〜言いたくなかったんだよ‼

「そんな事をおっしゃるのなら、陛下にカクテルはあげません」

莉奈は、頬を膨らませてプイッと横を向いた。大体鑑定〝も〟ってなんだよ⁉〝も〟って！

バカにされたし～‼　異世界のバカ――――っ‼

「…………っ」

その発言に、フェリクス王は少し驚きククッと笑っていた。

自分にそう返せるコイツはやはり面白いと、改めて気に入った様だった。

「では、兄上の分は私が頂きましょうか？」

すかさずシュゼル皇子が、満面の笑みで言った。彼もまた、莉奈がする兄や弟、自分に対する不敬も〝面白い〟が先立って、許してしまっていた。

「なぜそうなる？」

「だって……余るではありませんか」

兄が睨もうがなんのその、ほのほのと微笑《ほほえ》み返すシュゼル皇子。

ただ水を飲んでいるだけなのに、なぜかその姿は優雅である。

「ちなみに〝からあげ〟にエールは最高ですよ？」

最近知ったのだが、〝エール〟というお酒が酒倉にあった。日本でいうビールの事だった。炭酸は弱めみたいだが味は同じ……なら、ハイボールに並んで揚げ物最強のコンビだ。

「持ってこい」

正座をしている皆をチラリと見て、フェリクス王が命令した。

「兄上……」

「どうぞ？」

シュゼル皇子が咎《とが》める前に、莉奈はフェリクス王の前にエールの入ったタンブラーをドスンと置いてあげた。そうくるだろうと読んで、キンキンに冷えたエールを魔法鞄《マジックバッグ》に入れておいたのだ。

未成年の自分への命令ではないと分かっていたのだが。用意してあるから出してみた。

フェリクス王は、すぐに出てくると思ってなかったのか、驚いていた。うん！　してやったり感がスゴく気持ちいい。

さっきまでカクテルは飲んでたし、今さら酒はダメもないよね？

テーブルには〝ビールにからあげ〟があり、なんだかこの一角だけ見れば居酒屋的な感じである。

「リ〜ナ〜」

ささっと莉奈が出したため、シュゼル皇子が咎めた。

「あっ、シュゼル殿下にはミルクセーキをどうぞ？」

こっちにも目の前にドスンとトドメをさしてみる。

「仕方ありませんね」

それをチラリと見ると、それはそれは素晴らしく眩《まぶ》しい、満面の笑みを返してくれた。

「「「「…………」」」」

この国は王族までもが……莉奈に餌付……いや、丸め込まれている。

未《いま》だ正座を余儀なくされている皆は、莉奈の周りに見えるハズのない後光が見えた気がした。気のせいかとゴシゴシ目を擦ったものの、ナゼか光っている様に見え自然と頭が下がるのであった。

「……どう致しますか？」

からあげを堪能したシュゼル皇子は、ミルクセーキをゆっくりと味わっていた。飲んでいるのはお子様用のジュースなのに、ナゼか絵になるから不思議である。

「どうもこうもねぇだろう。これだけ旨《うま》く……しかも普段食ってる鶏肉《とりにく》より量が摂れる。こんな雑魚《ざこ》相手に危険もねぇとくれば……問題はねぇだろう」

フェリクス王も機嫌が直ったのか、エールを片手に寛いでいた。

莉奈的には、あのデカイ鳥の魔物相手に〝危険がない〟と表現している事が気になっていた。

……すみません、ソレ誰からの視点で言ってますかね？

あの大きな嘴でつつかれたら……私あの世からお迎え来ちゃいますけど？

「んじゃ、明日から討伐の許可出すのか？」

エギエディルス皇子が、なんだか楽しそうに言った。ロックバードが常時食べられる事になるのが楽しいのか、それとも討伐が楽しいのか知らないけど。後者だとしたら……イヤなんですが。可愛《かわい》いままでいて下さい。

「まずは、王城周辺から討伐。徐々に範囲を広げ、同時に配給する。リナはどの部位が食えるのか、本当に害はないのか、明日もう一度鑑定をしシュゼルに」

「……御意」

莉奈が恭しく言えば、フェリクス王だけでなく王弟二人にも笑われた。どうやら似合わないらしい。まったく失礼極まりない。

「ゲオルグ」

「はっ」

「【竜騎士団】を動かす許可を与える。竜は雑魚相手に不服だろうが、明朝空からロックバードの群れを見つけ、殲滅《せんめつ》させるつもりで狩ってこい」

「御意に」

ゲオルグ師団長は、左胸に右手を添え恭しく頭を下げた。

……え？　……竜⁉　……竜いるの⁉

……竜騎士――‼

莉奈は興奮して胸が高鳴った。竜なんかファンタジーかゲームの中にしか出てこない、幻想の生き物だと思っていた。

なのに、いるのか‼　魔物がいるのだからいてもおかしくはないけど‼　マジか‼

「お前……興味津々な？」

真向かいに座るエギエディルス皇子が、笑っていた。

莉奈が小さい子供みたいに、瞳《ひとみ》をキラッキラッとさせていたからだろう。

「だってエド！　竜だよ竜！　あっちの世界じゃ幻想の生き物なんだよ‼」

莉奈がめずらしいくらい興奮していた。

そんな姿に、フェリクス兄弟達は目を見合わせ笑った。なんだか可愛過ぎるくらいであったのだ。

「竜に興味があるのかよ？」

フェリクス王が妙に高いテンションの莉奈を、仕方がない子供を見る様な優しい目で見ていた。

「ある‼」

興奮し過ぎてもはや敬語が吹っ飛んでいた。竜が間近で見られるのなら、是非とも見たい。

「フェル兄、明日見せてやれば？」

エギエディルス皇子が、そんな嬉《うれ》しい事を言ってくれた。

「…………」

見せろ〜見せてくれ〜と言っている、莉奈のキラッキラッした瞳にフェリクス王は苦笑する。

「怖くはねぇのかよ？」

大抵の人間は、怯《おび》えるか腰を抜かすか叫ぶかだ。竜の存在は畏怖《いふ》しかないのだ。なのに実物を見ていないにしても、こんなに高揚して瞳をキラキラさせる女はいなかった。

「だって竜騎士の竜でしょ？　人を襲う訳ないじゃん‼」

そんな莉奈に、フェリクス王はなんだか妙に、頭を撫《な》でたい心境になっていた。

竜とて他国では〝魔物〟として扱われる。そんな見た事もない竜に対して、ナゼか信頼さえしているからだ。ナゼだか可愛く見えて仕方がなかった。

「……なら、俺の竜を明日見せてやろうか？」

とフェリクス王が呆《あき》れた様に笑うと、莉奈は「やったぁ！」と小さくガッツポーズを出していた。

第3章　エリート中のエリート

【竜騎士団】とは。

少数精鋭ながら、世界最強の部隊である。

他国では魔物と呼ばれる【竜】と、信頼関係という稀《まれ》な関係で結ばれている。契約こそはするが、主従関係ではなく信頼なのだ。

竜が騎士を選び、信頼した騎士のみを背中に乗せるため、竜に選ばれし者のみが、竜騎士団として配属される。

軍部の人・魔法省の一部の人が、王宮などの警護・警備兵として配属。その中の精鋭が【近衛師団】に所属。

さらにその中から竜に選ばれし者が【竜騎士団】となるのだ。

つまりはエリート中のエリート。

普段は近衛師団兵として配属されているが、王命を受けると竜騎士として動くのである。

ゲオルグ師団長は、近衛師団長でありながら竜騎士団の団長でもある訳で……いわば軍部最強のトップなのだ。

◇◇◇

楽しみだった竜見学の日がやって来た。

朝食をモグモグと食べながら莉奈《りな》は、エギエディルス皇子に説明を受けていた。竜がいるだけでも興奮しているのに、話がスゴすぎて頭が追い付かないのだ。

そして〝あの〟ゲオルグ師団長が、軍部最強のトップなんて全然結び付かなかった。

「……お前……ニヤケ面やめろよ」

嬉しすぎて顔が緩んでいた莉奈に、エギエディルス皇子が言う。

「失礼だから……ちなみにエド、竜は？」

「いねぇよ！」

横をプイッと向くと、ふてくされた様に返してきた。

シュゼル皇子も信頼関係を結んだ〝竜〟が宿舎にいるのだそうだ。どんな竜なのか、スゴく興味がある。

兄二人が竜を持っていて、自分だけが持っていない。こういうのも、兄に対しての劣等感が湧《わ》くんだろうなと思う。

「竜って……何基準で人を選ぶの？」

それにはツッコまないで莉奈は話を続けた。竜が選ぶのなら基準がありそうである。容姿？　性格？　匂《にお》い？　なんなのだろうか。

「……わかんねぇ」

「……わかんないのか」

「フェル兄は……竜が従わざるを得なかったんだと思うけど……一年通って気に入られたヤツもいるし……なんだろうな？」

エギエディルス皇子は、肘《ひじ》をついて考えていた。

彼いわく、竜を持ちたいのなら〝ネグラ〟に行けば、とりあえずはいるとか。ただ、いる場所のほとんどが崖《がけ》である上に、行けたとしても敵視される場合もあるので、命を落とす場合もある。会えたとしても、会ったその場で契約を結ぶ事もあれば、何年越し……という事もある。だが、竜と一度契約出来れば、その騎士が亡くなるまで添い遂げるのだそうだ。

ただ莉奈の頭には竜が従わざるを得なかった事の方が、引っかかっている。

まぁ……魔王様に従わないモノはいないのか。

莉奈は、驚くべきか怯えるべきか……それとも敬服すべきか悩んでいた。

「良かったわねリナ」

紅茶を淹れてくれたラナ女官長が、ニコリと笑った。竜に会いたくても会えないのがほとんどで、ラナ自身も実際に見たのは遠くから数回だけとの話だった。

「竜なんて……怖くないの？」

モニカが眉《まゆ》をひそめた。犬や猫ではないのだ、いくら誰かと契約している竜だとしても、襲われない保証は何もない。

「見た事がないから、怖がり様がない」

「リナのそういうところ、スゴいわよね」

ラナ女官長が感心していた。何事にも臆《おく》さないその精神は、尊敬に値する。

「だってこの世で一番怖いのは〝王〟であって、竜じゃないでしょ？」

莉奈は、断言した。

初めてフェリクス王に逢《あ》った時程、恐怖で鳥肌が立つ事はないだろう。

「「「…………」」」

その言葉には、エギエディルス皇子達は沈黙で返した。

是とも非とも言えない。一応立場もある三人に、何かを答えられるだけの気概はなかった。


しばらくして、フェリクス王が部屋にやってきた。

「……お前には……すげぇ似合わねぇ部屋だな」

部屋をチラリと見渡すと、出迎えた莉奈に開口一番そんな事を言ってきた。

装飾品にピンクや赤系がない訳ではないが、主張しない淡い落ち着いた色合いで女性らしい部屋だった。女性らしさとは程遠い莉奈に、この部屋はピンとこない。

当たり前の事なのだが、自分にも臆さない莉奈が、改めて女なのだと妙な感じであったのだ。

「では、私に似合う部屋を下さい」

失礼極まりないなと思いつつ、莉奈は腰に手をあて堂々と言い返した。

だって用意したのは、シュゼル皇子であって自分ではないのだ。そんな事を言われる筋合いはない。逆に自分に似合う部屋が、どんな部屋なのか訊《き》きたいくらいだ。

それを聞いていたラナ女官長・モニカが、背後で慌てる様に謝っていた。

「お前は……」

フェリクス王は怒る事もなく困った様に笑い、くしゃりと莉奈の頭を乱暴に撫でた。こういうところが本当に、自分の知る女とは全く違うのだ。自分を知らない市井の娘だったとしても、こうは返さないだろう。

「あ〜っ！　もぉ、せっかくセットしたのに！」

莉奈はクシャクシャと大きな手で撫でられ、なんだかドキドキして顔が火照りそうだった。だから、わざと大袈裟《おおげさ》に文句を言っていた。

王はそんな事情など知る訳もなく、ブツブツ文句まで言ってみせる莉奈に笑っていた。

そんなフェリクス王を見て、エギエディルス皇子達は絶句していた。かつてないくらい、フェリクス王の優しい笑みを、見た気がしたのだ。

莉奈が、妙に気に入られているのには気付いていたが、あのフェリクス王の事だ、一時的なものか弟の事もあってとりわけ優しくしているのかと思っていた。

だが、違うと今ハッキリと分かった。弟の事を差し置いても、自身が気に入っているのだと、ラナ女官長・モニカは確信したのであった。

◇◇◇

竜は軍部【白竜宮《はくりゅうきゅう》】にいる。

学校の校舎ほどの大きさの〝白竜宮〟の隣には、所属している皆の宿舎があり、その前にある広大な平地に竜はいるらしい。さらに、その先には竜のいる宿舎もあるとか。

契約した竜はそこで寝たり、その平地・広場で寛いだりしているらしい。まぁ……空を翔《と》んでいる時もあるみたいだけど。

一番驚いたのが……実はこの王城、低いとはいえ山の天辺《てっぺん》にあるらしいという事だ。竜の宿舎の先、200メートル先は崖になっていて、竜が簡単に飛来出来る様になっているとか。

高い塀の外なんて、見た事がなかったから知らなかった。皆も誰かしらから聞いていると思っていたみたいで、エギエディルス皇子達含め改めて言わなかったそうだ。

「リナ……竜に会わせる前に注意しておく」

優しく笑っていたのが嘘《うそ》の様に、平常運転に戻ったフェリクス王。軍部に向かうのかと思ったら、まだ向かわないらしい。

「なんでしょう？」

「竜は甲高い声を嫌う。見ても叫ぶなよ？」

ちなみに怯《おび》えた表情を出せば舐《な》められ、その人は騎士に選ばれる事もないらしい……が、莉奈は竜騎士になる訳ではないので、そこはどうでもいいとか。

とにかく女性の叫び声がキライで不機嫌になるから、そこだけは注意しろ……と言われた。

「笑い声は？」

「あれの前で笑えるなら、笑ってみろよ」

変な事を平然と言う莉奈に、フェリクス王は笑っていた。

「さて、エディ……お前はどうする？」

「行くに決まってるだろ‼　俺を認めてくれる竜を探す」

エギエディルス皇子は、鼻息荒く意気込んでいた。

どうやら契約していない竜も、たまに気まぐれに遊びに来るそうだ。危険過ぎて崖っぷちにある竜の〝ネグラ〟に行けない彼は、今日こそは自分の〝番〟の竜を見つけてやると、気合いを入れていたのであった。

ラナ女官長達に「いってきます」と莉奈が挨拶《あいさつ》をすると、頭上から〝パチン〟という音がした。

その次の瞬間、空間がグニャリと歪《ゆが》み、目眩《めまい》の様な感覚にフラッとしていたら、すでに何処かの部屋の一室にいた。

……え？

一体何が起きたのか？　と首を傾《かし》げる。話の流れからして【白竜宮】の何処かに違いないとは思うが。

……まさか⁉

今のが瞬間移動《テレポート》⁉

「……大丈夫かよ？」

急過ぎたか？　とフェリクス王は心配気に莉奈を見たが、その表情を見て心配御無用だと笑った。

【白竜宮】に行くのに歩けば三十分以上は掛かる、馬も用意をしていない。面倒だからと王は初めから、莉奈と末の弟を連れて【白竜宮】に瞬間移動《テレポート》する事にしていた。

あまり知られてはいないが、初めてこの魔法で移動すると、空間の歪みにより目眩を起こす者もいる。

だから心配をしたのだが、それは杞憂《きゆう》だった。

「……瞬・間・移・動‼」

はぁ～これが瞬間移動《テレポート》ですか！　と莉奈は、初めての瞬間移動《テレポート》への興奮を噛《か》み締《し》めていた。

頭上で鳴った音はフェリクス王が鳴らした指の音。魔法を発動させた合図だったのだ。

エギエディルス皇子に以前聞いた話だと、瞬間移動《テレポート》をするための【転送の間】という部屋があるってことだったのに、そこは使わないのか……。なんのための部屋なんだよ？　と思わなくもない。

ちなみに後で聞いた話だと、いきなり王達が目の前に現れたら、驚き腰を抜かす人もいるので、なるべく着地点はそこにするのだそう。魔力の軽減もできるらしかった。

「大丈夫かよ」と心配して訊くぐらいなら初めから〝行くぞ〟的な前置きが欲しかった気もするが、それは王なので仕方がない。

しかしそれ以上に、瞬間移動《テレポート》の魔法は、召喚された時の変な浮遊感とは違って、空間の一瞬歪む感じが、遊園地のアトラクションみたいで、超楽しい‼

瞬間移動《テレポート》の魔法、超便利‼

「お前……楽しそうな？」

エギエディルス皇子が、呆《あき》れ笑いをしていた。

初めは大概怖がるものなのに、楽しむヤツがいるとは思わなかったのだ。いつも飄々《ひょうひょう》としている莉奈が、小さい子供の様に興奮しているのが見てとれる。

「帰りもコレかな⁉」

「……じゃね？」

チラリと兄を見たエギエディルス皇子。ここまで期待されて裏切ったら可哀想《かわいそう》だ。自分がやってもいいが一応兄にお伺いをたてる。

「さて……どうするかな？」

フェリクス王は意地悪そうに薄笑いを浮かべ、部屋の扉を開けた。

「え～～っ‼」

莉奈は頬《ほお》をぷくりと膨らませブーイングしながら、その後を付いて行く。

兄王は絶対からかってるな……とエギエディルス皇子は笑っていた。

◇◇◇

「うっわ～～っ‼」

王が開けた扉から後を追って出ると、通路を挟み眼下には竜のいる平地があった。竜の広場と言ってもいい。広さは某テーマパークくらいはありそうだ。

すご────っい広────っい‼

こんな広い敷地が、まだ王宮にあったのも驚きだった。

某テーマパークくらいはあるその平地は、低い木の柵《さく》に囲まれ、色とりどりの竜が数頭……いや十数頭寛いでいるのがバッチリ見えた。

想像以上にその姿は優美で雄大……カッコイイ。ゲームに出てくるボス的なモンスターのドラゴンとはまったく違って少し細め、いわゆる〝飛竜《ワイバーン》〟という類である。

だが、飛竜とも違いシルエットが竜よりで美しい。これはまさに竜騎士《ドラゴンナイト》が乗るためのドラゴンだ。

〝竜〟という言葉がスゴく似合う。空を翔ぶために線が細いのだろう。

「エド……竜だよ竜‼」

幻想でしかない竜を見た莉奈は大興奮で、エギエディルス皇子の肩や背中をバシンバシンと叩《たた》いていた。

「わかったわかった！　痛ぇよ！」

よろめきながらその手から逃げる、エギエディルス皇子。叩かれた所をさすっていた。

「あっ‼　……陛下の竜だ」

一番奥に、周りの竜より少し大きな竜を見つけ、莉奈は迷う事なく指差した。

「……よくわかったな」

フェリクス王が驚いていた。

十数頭もいる中で一目見ただけで、よくその個体が自分の〝番〟だとわかったな……と。

「えっ？　だって……」

「だって？」

なんだ？　と王は促した。

……フェリクス王と同じく……漆黒だし。〝暗・黒・竜〟‼　って感じなんだもん。

「………」

莉奈は、心の声をゴクリと飲み込んだ。

そんな事を素直に言ったら……不敬極まりないと判断する。

「強そう……だから？」

無難な答えを代わりに言ってみた。バカ正直に言う必要はない。

「…………」

王が目を細めた。これ絶対疑っているヤツだ。

「……い……色んな色の竜がいるのですね？」

莉奈は冷や汗を掻《か》きながら、平然と笑ってみせる。こういう時は、自然に話題を逸《そ》らすに限る。

何か納得していない様子の王が口を開けた瞬間――。

「「「フェリクス陛下‼」」」

と王の姿に慌てたように来た軍部の人が、一斉に片膝《かたひざ》を折っていた。どうやら軍部の人は左胸に右手を添えるのが主流らしい。

〝心〟〝命〟を捧《ささ》げている表れだとか。

最近訊《き》いて分かったけど、片膝は軍部が多く、両膝《りょうひざ》はそれ以外の人がやるみたいだ。ただ、謝罪する時とか……個人的に敬服度を示したい人は、如何なる時も両膝を折る様だった。

なお、フェリクス王は軽く御辞儀さえすれば、基本は何も言わないとか。その者を尊敬していれば、自然と頭が下がるだろう……と相手任せの様だ。

皆敬服しているのか、怖いのかは分からないが……軽い会釈で済ます強者《つわもの》はこの王宮にはまずいない。莉奈以外は。

「ご視察でありますか！」

フェリクス王が手で起立の合図をすれば、立ち上がった一人が興奮した様に訊いた。王が来たという緊張からか歓喜からか、少し高揚している。

「ああ……黒いのを見に……な」

フェリクス王は黒い竜をチラリと見た。

向こうもフェリクス王が来ているのに気付いたのか、ノシノシと優美にやって来た。

フェリクス王は莉奈に人指し指でチョイチョイと付いてくる様に合図し、柵に向かって歩き出した。莉奈は竜を近くで見られる……と、ワクワクしながら後に続く。

ちなみに、あの柵、竜のためではなく人のためのものらしい。関係者以外がズカズカと竜の敷地に入らない様にだとか。

「あの少女は？」

「異世界から飛ばされてきた子じゃないか？」

「あっ！　料理の上手《うま》い子か⁉」

フェリクス王の連れている莉奈の姿を見た人達は、ボソボソと話をしていた。

ここに来る事はあっても、女性を伴って来る事はまずない。だからこそ目立つし、その者が誰だか気になるのだ。

王が来たことはすぐに広まり、次第に人だかりになるのだが、莉奈はまだ気付いていなかった。


「……でっか‼」

竜は想像以上に大きかった。頭から尻尾《しっぽ》まで推定5～7メートル、足から頭までの高さは3～5メートルくらい。個体によって違うとはいえかなり大きい。二階のテラスから顔が覗《のぞ》けるくらいの高さはある。

爪は鋭くて長く、体長の3分の1は尻尾の長さが占めていた。あの長い尻尾で薙ぎ払われたら、ひとたまりもないだろう。

ゲームに出てくるドラゴンよりもシュッとしていてカッコイイ。スマートと言ってもいいだろう。人間の腰ほどしかない柵など、竜にとっては無意味に等しい。竜が本気でやれば、簡単に壊せてしまう。竜がソレをしないのは、用もなく人間が近付くな……という警告でもあるのだ。

「お前……マジで怖くないのかよ」

もはや、エギエディルス皇子は驚きどころか、感服さえ通り越していた。

メンタルが強靭《きょうじん》なのはわかってはいたが、さすがの莉奈も叫ばないにしても、怯《おび》えるくらいはしてみせると思っていたのだ。まさか第一声が〝でっか〟とは思わなかった。

「カッコイイじゃん……あれ……触っていいの？」

「触れるのかよ⁉」

エギエディルス皇子は、目を見開きツッコんだ。

怯えるどころか、さらに瞳《ひとみ》をキラキラさせて、そんな事を言うものだから信じられなかったのだ。触りたいなんて言う女は、後にも先にも莉奈だけに違いない。

竜なんて見る機会も、触れる機会もなかった莉奈にとって、まさに至福の時……触れるのなら触りたいのが心情である。

「気を許していない人間には、簡単には触らせない。機嫌を損なわせるだけだ、迂闊《うかつ》に手を出すなよ？」

フェリクス王がポンと、莉奈の頭を優しく叩いた。

「は〜い」

……うっわ……う〜わぁ‼

莉奈はフェリクス王の表情《かお》を見られなかった。絶対に顔が赤くなってると、断言出来るからだ。

何その触り方……いつもの顔とのギャップに、キュンキュンするんですけど⁉

「…………っ‼」

だがそんなキュンキュンタイムはすぐに終わり、萌《も》えが一気に冷めた。

莉奈は赤い顔を隠そうと必死だったために気付かなかったが、顔を上げた瞬間目の前に〝竜〟の顔があった。

あんぎゃあ〜‼

と叫んだのは心の中でだった。

そうだった……竜はノシノシと歩いて来ていたではないか。それに気が付かないほど、萌え萌えしていたらしい。

「あの……すみません……鼻息が顔に当たるんですけど？」

生暖かい竜の鼻息が、莉奈の顔にフーフー当たっていた。驚きを通り越すと人は冷静になる様だった。お触りの許可があったのならその竜の顔を叩いていたに違いない。

「竜が……眼前にあって……お前メンタル〝マジ神〟」

エギエディルス皇子は唖然《あぜん》としていた。竜が目の前にいれば、さすがの莉奈も叫ぶと思っていた……だから、竜が興味本位で近付いていたのを、わざと黙っていたのに、そんな反応あるかよ？と。

「くくっ」

フェリクス王はくつくつと笑っていた。王も同様、莉奈がどう出るか面白がっていたのだ。

叫んだとしても、竜は自分が抑えられる……だから弟同様黙っていた。自分に臆《おく》さない莉奈でも、
さすがに竜相手では？　……と。

なのに〝鼻息〟……コイツのメンタルを撃ち破るヤツなんて存在しないと、感服さえしていた王
だった。

『おぬし……我が怖くないのか？』

「……ん？」

『我が怖くないのかと訊いておる』

莉奈は、何処から声が聞こえて来たのか分からずキョロキョロしていた。

「今度は……なんだよ？」

「いや……なんか変な声が――」

頭の中に？　とエギエディルス皇子に言っていたら、頭上から――、

「我の声を変とはイイ度胸をしておるな」

と先程聞こえた声が、今度は耳にハッキリ聞こえた。


――竜がしゃべった～～っ‼

そう……目の前にいる竜、漆黒の竜の声だった。

念話で送ったものの気付いていなかったため、わざわざ声を出した様だった。

「……え？　声帯どうなってるの？」

まずはそのことが気になって莉奈はポロリとこぼしていた。

人の声帯とはまったく違うハズ。モノマネ出来る鳥みたいなものなのか？

「はぁ～～っ⁉　そこ？　そこなのか⁉」

エギエディルス皇子は瞠目《どうもく》していた。普通は竜が話し掛けてきた事に驚くんじゃないのかよ……と。

「「「…………っ⁉」」」

遠巻きに見ていた近衛師団の皆は、色々な事に驚き過ぎてナゼか手が小刻みに震え始めていた。

まず1つ……莉奈と王達の関係が近い事。

2つ……彼女は竜を初めて見たハズなのに驚かない事。

そして3つ……竜が人の言葉を使い、番ではない莉奈に話し掛けた事。

すべてが、ありえな過ぎて震えが止まらなかった。初めて竜に会った時の、妙な震えが電流となって衝撃が身体中を走っていた。

「……ハハハハハ‼」

周りの空気が大きく振動した、漆黒竜が爆笑したのだ。

王以外は驚愕《きょうがく》し中には腰を抜かす者もいた。一体何が起きているのか分からない者さえいた。竜が声を上げて笑うなど、ほぼないのだ。

「え？　何が可笑しいの？」

竜が笑うとしても、何がそんなに面白いのか莉奈には全く理解できない。答えを求めてエギエディルス皇子の顔を見た。

「お前だよ‼」

「へ？　なんでよ？」

「普通の人間なら……我を見たら怯えるのが通常……王よ……コレは人の子なのか？」

漆黒の竜はフェリクス王に問う。数百年以上生きてはいるが、自分を初めて見て驚かない人間は、この眼前の王とこの娘くらいなものだった。

「……さぁな？」

フェリクス王は愉快過ぎると笑っていた。


「……で、声帯どうなってます？」

莉奈は、改めて漆黒の竜に訊いてみた。鳥のそれなのか、人に近いのか。

「おぬしは、我に初めて会って訊く事がそれなのか？」

漆黒の竜は、表情がよく分からないが呆《あき》れていた。そんな質問をする人間は、初めてである。他にもっと訊くべき事があるのでは？

「え？　なら御歳は？」

「おぬし……変わった娘だな」

「……は？」

「竜に年齢訊くとか、マジでねぇから」

莉奈が失礼じゃない？　と眉《まゆ》を寄せている隣で、エギエディルス皇子が、もはやどこをどうツッコんだらいいのか悩んでいた。

「んじゃ、何を訊くのよ？　あっ！　お触りオーケーですか？」

莉奈は挙手をした。

訊き方はおかしいが興味しかない莉奈は、本能の赴くまま漆黒の竜に次々と質問していた。フェリクス王の話を聞く限り、許可さえ出れば触れるのだろう……と判断した。

言葉が通じるのだから、本人……本竜？　に訊けばいい。

「娘よ」

「あっ……〝リナ〟って言います黒き竜さん」

「お主……メンタルはどうなっている？」

どこまでもマイペースな莉奈に漆黒の竜は瞠目すると、眉を寄せポソリと言った。

「……は？」

莉奈も思わず眉を寄せた。

ナゼ……竜にまで、メンタルの心配をされなくてはいけないのだ？

「面白ぇだろ？」

そのやり取りを見ていたフェリクス王は、実に愉快そうにニヤニヤしていた。

莉奈が普通の少女なら、絶対に連れては来なかった。コイツだからこそ、どういう反応をするのかが気になり連れて来たのだ。

莉奈が竜を見たらどうするのか、自分の竜がこの女を見たらどういう反応をするのか。

想像以上、斜め上のやり取りに可笑しくて仕方がなかった。

「嫁にするのか？」

口元に小さな笑みを見せた、漆黒の竜。自分に見せに来た……紹介したという事はそういう事だろうと。

竜的にはギャーギャー叫ばない女なら、誰《だれ》でも良かった。気に入らなければ、近付けさせなければいい話だからだ。だが、この王が選ぶ妃にも興味がある。だからこそ、訊《き》いてみたのだった。

「嫁……ねぇ」

別にそんなつもりは1ミリもないのだが、さらに愉快そうに莉奈を見た。

女として意識した事はないが、コイツが嫁なら面白いと思わなくもない。

「そもそも……コイツもう話を聞いてもいねぇし」

エギエディルス皇子は呆れ笑いをしていた。

そう……莉奈の興味は初めから竜にしかなく、気付いたら隣でしゃがみ込んでいた。何をしているのかというと、竜の爪をマジマジと見ている。竜と王の会話などはやくも眼中にないらしい。

王は一瞬呆気《あっけ》にとられたものの、くつくつと笑った。

「なぁ……んなもん見て面白いのかよ？」

エギエディルス皇子にはサッパリだ。その雄大な姿を見て感動するのは分かる、だが足元をこんなにも、じっくり見る人間はそうはいない。

「カッコイイ‼」

莉奈はさらに目をキラキラと輝かせていた。竜をこんなに間近で、しかもじっくり観察出来る眼福、至福の時である。

大きなトカゲに、コウモリの羽根を生やした様な生き物……と表現した小説を読んだ事があるが、活字で読むのと見るのでは全然違う、異世界最高である。

「むっ……そうか……カッコイイのは爪だけか？」

莉奈に褒められ、満更ではない漆黒の竜は、他にはないのか角度を変えたりしながら訊く。

「瞳《ひとみ》は黒くてキラキラしててキレイだし、鱗《うろこ》も艶々《つやつや》していてカッコイイ」

「そうだろう……そうだろう」

莉奈の純粋な誉め言葉に、上機嫌でウンウンと頷《うなず》く竜。

「翼はどうだ？」

と言えば漆黒の竜は、その大きくて黒い翼をバサリと広げて見せた。誇らしげである。

その大きな翼は、同じ黒でもコウモリの羽根とはまったく違っていた。

「……スゴい優雅で……立派な翼‼」

莉奈のテンションはさらに上がった。両手を広げた竜の翼は、軽く10メートルは超えていた。陽《ひ》が微《かす》かに透けるその翼は、優美であった。

「触らせて下さい‼」

莉奈はその姿に我慢が出来ず、もう一回ダメ元で頭を下げてお願いしてみた。さっきもうやむやになっただけで断られたわけではないし、ダメならダメで仕方がない。頼むだけならタダだ。

「ふむ……イイだろう」

そこまで褒め称《たた》えてもらった事がない竜は、実に機嫌が良くなり快諾してくれた。

「やった〜〜‼」

莉奈は両手を上げ、ジャンプして喜んでいた。王がなんと言おうが竜が快諾したのだ、これで文句はないだろう。

「「「「…………」」」」

王も含め全員絶句、唖然呆然《あぜんぼうぜん》である。

契約した番以外に触れさせる事などまずないのだ。竜の宿舎を掃除する、近衛師団の人間でさえ配慮する程だ。たまたま触れたくらいならまだしも、好奇で邪《よこしま》な心で触れた日には……。

それくらい、気難しいのが竜なのだ。牙《きば》・爪はもちろん肉や内臓に至るまで、竜は素材として売買される。だから竜だって信頼できない人間に気を許せば命取りになり兼ねないのだ。

人間がそうそう敵う相手ではないのだが、その貴重な素材を求め挑んでくる。だから毛嫌いしているのだが、この国は祖先が乱獲されていた竜を救った経歴があり、今の今までイイ関係を結んでいた。

「失礼しま～す」

莉奈は、皆が唖然呆然としているなか、柵《さく》の中に躊躇《ちゆうちよ》もせずにズカズカと入っていった。もはやなんでもアリ状態である。

その行動を止められる者など、もはやこの国には誰もいないのかもしれない。

莉奈はご満悦状態だった。口元が緩みっぱなしである。まずは広げてくれている翼に触れた。柔らかくしなやか、しっとりとしていてなんとも言えない。牛革とも違うし、布地とも違う。初めての触感だった。

鱗は黒々としていてキレイだが、少し汚れている。外にいるのだから当然だろう。だが、磨けば光沢が出て艶やかに輝くに違いない。

触った感触は魚の鱗より断然固い、トカゲの鱗とも違う、プラスチックや鉄とも違う、黒曜石に似ているが……初めての質感だった。

ゲームで【竜の盾】というのがあるが、実物の鱗を見て納得する。形も大きさも加工すれば、盾として最良の素材となるだろう。乱獲も頷ける。

爪や牙もしっかりしていて、装飾品や武器などに重宝されるに違いない。さながら金のなる木ならぬ、金のなる生き物なのだろう。

「はぁ……」

莉奈は念願が叶《かな》って、惚《ほう》けていた。生きた竜を見る事も触る事も出来たなんて、スゴい至福である。漆黒の竜にベタリと張り付いていた。

鱗が冷たくて気持ちがイイ……トカゲが大好きだった弟の分も、いっぱい触っておかなくては。不躾《ぶしつけ》とは分かりつつペタペタ触る、やめられない止まらない……のであった。

「「「…………」」」

遠巻きに見ていた軍部の人達は、その莉奈の姿に愕然《がくぜん》としていた。ただでさえ、竜に触れるのが禁忌と言っても過言ではないのに、この漆黒の竜……実は【王竜】と呼ばれ、その名の通り竜の頂点にいるのだ。

その王竜がこんなにも人に心を許し、あまつさえ大人しく身体《からだ》に触れさせている。ありえない事実を目の当たりにし体が硬直していた。

王竜が許す……認めたという事は、すべての竜が認めたと言ってもいい。

「満足かよ？」

柵ごしに見ていたフェリクス王が、呆れていた。

正直面白半分で、莉奈を連れて来ただけなのに、こんなに竜に気に入られ、身体に触れる許可まで貰《もら》えるなど想定外だった。莉奈の規格外のポテンシャルを、完全に舐《な》めていた。

「超絶満足です‼」

莉奈は、満面の笑みを浮かべていた。鼻歌さえ出そうな表情である。フェリクス王は子供の様にはしゃぐ莉奈を、優しく見守るのであった。

◇◇◇

「はぁあっ……竜がいいねぇ」

そんなご満悦な莉奈とは対照的に、エギエディルス皇子は項垂《うなだ》れていた。ここにいる竜のほとんどが、誰かしらと契約している竜だからだ。

なぜ分かるのか……エギエディルス皇子は毎回来ているので、竜騎士団の竜の個体をすべて把握していた。

ロックバードを討伐しに行っているのは三十程度、ここにいるのは十数頭……上空に飛来しているのが数頭といったところ、自分に興味を示す竜はいなかった。

「エド、焦らなくてもいいんじゃない？　相性だってあるんだろうし」

莉奈はようやく竜から離れると、テクテクと戻り、ガックリしているエギエディルス皇子に、柵越しに話し掛ける。犬や猫でさえ相性があるのに相手は竜だ、そんな簡単には番は見つからないだろう。

「初見で〝王竜〟に触れたお前には、わかんねぇよ」

エギエディルス皇子は、プイッと顔を反らし完全にふて腐れていた。サクッと触れた莉奈に対して、悔しさもあるのだろう。

「何……王竜って？」

「竜も群れる以上親玉がいる」

ショボくれ始めた弟に代わって、フェリクス王が答えてくれた。

……親玉って……悪の組織かよ。

内心ツッコミを入れていた莉奈に、王はさらに細かく説明を続ける。

「頂点がコイツ〝黒〟。その下が〝白〟……次が紫・蒼・緑・黄の順に強い。元々野生の竜や瘴気《しょうき》に感化され、〝魔堕《お》ちした〟竜もいる。まとめて魔竜と呼んでいるが、ソイツらにも色がある。灰・赤・茶の順で強い」

色によって強さが変わる様だった。竜さえも瘴気でおかしくなるのか……と思うとゾッとする。

そして灰色の魔竜はフェリクス王でも、倒すのは骨が折れるとぼやいていた。

そもそも……人間が一人で竜を倒せるのが、おかしい気がするが。

「白の竜ってあれですか？」

上空には先程までいなかった、白く輝く綺麗《きれい》な竜が飛来していた。青い空に綺麗な白色が溶け込んで、まるで動く絵画の様。

「そうだ……あれがシュゼルの竜」

フェリクス王もチラリと空を見上げれば、白き竜はゆっくり旋回をしながら降りてきた。こちらの視線に気付いたのか、たまたまかは分からないが……近くで見られるのかと莉奈は、ワクワクしていた。

白がシュゼル皇子の竜と聞き、莉奈は大きく納得する。フェリクス王が黒のイメージなら、シュゼル皇子は白のイメージだったからだ。エギエディルス皇子は蒼が合いそうだけど、こればっかりは分からない。

「……きれ〜い」

莉奈は音も静かに、王竜の近くに降下して来た白い竜に見惚《みと》れていた。

鱗に陽の光が反射して、なんだか真珠の様に複雑な色をして見えたのだ。

「なんだ……我はキレイではないと？」

先程まで自分を誉めちぎっていた莉奈が、白い竜を誉めているので、王竜の方は若干不機嫌気味である。

「王竜様は勇ましくカッコイイけど、白い竜は優雅で美しい。比べるものではないですよ？」

莉奈は、言い訳の様に説明しながら、苦笑していた。

そうか……感情があるのだから嫉妬《しっと》もあるのか。

「……だが……気に入らん」

エギエディルス皇子ではないが、眉間《みけん》にシワを寄せふて腐れる。

それを見ていたフェリクス王は、くだらなすぎて完全に呆《あき》れていた。

「……その娘は？」

白の竜は真っ先に、フェリクス王の近くにいる莉奈を見た。王がこの場所に、女性を連れている事が珍しい上に、柵の中にいるのだ。気にならない訳がない。

「リナです、白き竜様」

フェリクス王がチラリと見たので、自分から自己紹介をしてみた。

「そこの王の妃ですか？」

「……は？」

「妃かと訊《き》いているのです」

白の竜の突拍子もない爆弾発言に、莉奈は石の様に固まった。

……え？　妃？

……どゆこと？

莉奈は「んん〜」と理解が出来ず首を捻《ひね》りに捻《ひね》りまくっていた。

「白いの……勘違いするな」

フェリクス王はそんな莉奈に笑いつつ、竜達の短絡過ぎる考えに呆れていた。

何故《なぜ》かたわらに女を連れて来ただけで、〝嫁〟だ〝妃〟だとなるのかと。

「勘違い……？」

「そうだ」

「あなたが、女性をここへ連れて来るなんて、天変地異の前触れか、妃の紹介以外に何があるのです？」

薄笑いを浮かべた様な白い竜が聞き返す。王なら幼少の頃《ころ》からすでに婚約者がいるのが普通だが、王どころか宰相にもいない。

その王が女性を連れて来て、自分の竜に紹介した。ならば必然的に特別な人なのでは？　と考えるのが流れというもの。

「何もねぇよ……っていうか天変地異って何なんだよ？」

白の竜にまでヒドく言われ、フェリクス王は渋面だった。

「そのままですよ」

白の竜が言えば、後ろに集まっていた竜達も、小さく首を縦に振っていた。そんな様子に、フェリクス王は舌打ちをする。

そこに割って入ったのは、石から復活した莉奈だった。

「……そんな事より」

「そんな事より……⁉　お前、ホント……」

エギエディルス皇子は頭を抱えた。自分の事でもあるのに気にもせず、どこまでもマイペース過ぎる莉奈に、返す言葉がない。

「白いのとか黒いのとか……竜に名前はないの？」

と不思議そうに訊く莉奈に対し、漆黒の竜こと王竜がフンと鼻で笑った。

「我は飼い犬ではないのだ、名などいらぬ」

「名前がないと不便では？」

呼ぶ時はどうするのかな？　と莉奈は思う。

「……黒いの」

「人の王」

フェリクス王と竜の王は、ほぼ同時に莉奈に返した。

……もしもし？　どうなのよ、それ？

莉奈は呆れていた。

本人達がイイのならいいけど、ペットではなくても名前くらい付けたって良いと思う。人間にだってあるのだし。

「……白の竜なんて、鱗《うろこ》が光に反射して七色に見えてキレイなんだもん、名前はともかく【真珠姫】とか付けたら絶対可愛《かわい》いのに……」

ブツブツ莉奈はボヤいた。白の竜の鱗は純白ではなく、光が当たるとホタテの貝殻の内側みたいに、キラキラと色んな色を見せてくれていた。

なのに、〝白いの〟とか……モノじゃないんだからと思う。

「む……娘よ‼　今なんと言いました⁉」

その瞬間バッと白の竜が、ものスゴい勢いで見てきた。

「え？　あっすみません、余計な……」

「今なんと言ったか訊いているのです‼」

いらぬ事を言ったかな……と慌てて謝ろうとした莉奈に、食い気味に白の竜が訊いてきた。顔が近過ぎてふぅふぅと生暖かい鼻息が当たる。

「真珠……姫？」

の事かな……と莉奈が首を傾《かし》げれば、白の竜の表情にパッと花が開いた。

顔の周りには、花がいっぱい咲いて見える気がするから不思議だ。

——ピュルル〜〜。

白の竜が、口笛の様な小さな声で可愛く鳴いた。

「……大変気に入りました」

「へっ？　……ありがとうございます？」

なんだか分からないが、白の竜は【真珠姫】という呼び名をものすごく気に入った様だった。シュゼル皇子の竜に、勝手に名前を付けてしまったが、当人が気に入ってくれたのならいいか……と莉奈は苦笑いする。

「「「「…………っ‼」」」」

遠巻きに見ていた軍部の人のみならず、これにはさすがのフェリクス王も、目を見張っていた。名を嫌う竜に呼び名を付け、さらに歓喜の声を上げさせたのだ。莉奈はまったく気付いてはいないが、やっている、させている行動すべてが異例中の異例なのだ。

その場にいた近衛兵や軍部の人達は、莉奈に自然と頭が下がり、尊敬の念さえ抱いていた。何の身分もない少女に、皆は何故か膝《ひざ》を折りたくなる心情にさえかられていたのであった。


「……ぷっ……姫」

白の竜こと真珠姫がご機嫌にしている横で、失笑する声が聞こえた。誰かと思えば王竜である。莉奈の付けた呼び名が、可笑しい様だった。

「……なんですか？　黒いの」

その失笑で一気に空気が凍りついた。癇《かん》に障《さわ》った真珠姫は、他の竜が王と呼ぶ中、王竜をわざと揶揄《やゆ》して黒いのと言い返す。

「貴様が……〝姫〟とか……笑える」

バカにした様に首を伸ばすと、見下ろして笑ってみせた。〝姫〟など似合わないと、わざわざ言わなくてイイ言葉を、王竜が放ったのだ。

その瞬間、ブワリと真珠姫の首周りの鱗が逆立ち、白くキレイだった鱗も首元から胸元まで一気に黒く変色する。まさに逆鱗《げきりん》である。

コレ……あかんヤツだ。

さっきまで竜に浮かれていた莉奈もこれにはゾッとした。竜の逆鱗など目の前で体験するモノではない。バーチャルなら楽しそうだが、現実はゴメンである。莉奈はいそいそと柵《さく》の外に戻った。

こういう時こそ、世界一安全なフェリクス王の側《そば》にいるのが一番である。

真珠姫は誰《だれ》の目にも明らかに怒っていた。自分の気に入った呼び名を、鼻で笑われたのだ。当然といえば当然だが……余所《よそ》でやって欲しい。

「何が……笑える……と？」

もう一度言ってみなさい……と真珠姫の目が細くなり、次第に前傾姿勢になり始めた。そして、王竜との間合いを取る様にゆっくり……ゆっくりと後退する。

まさかの戦闘態勢に、フェリクス王以外は竜を刺激しない様、足を一歩また一歩と動かしていた。

それは、他の竜も同じ様だった。竜のNo.1・2がケンカを始めようとしているのだ。とばっちりが……いや大惨事が起きる。竜達も危険を察知し、二頭をなるべく刺激しない様に後ずさりしていた。

「貴様が〝姫〟とか笑えると言ったのだ」

さらにブフッと鼻で笑った王竜。言わなくてもイイ言葉を何故にもう一度言うかな。煽《あお》らないで頂きたい。

「そう……です……か」

その瞬間、真珠姫の目がキラリと光った気がした。まさに戦いの火蓋《ひぶた》が切られた……。

キイ────ン。

その瞬間……この凍《い》てつく空気、静まり返ったこの場所に、何処からともなく金属音が一つ響き渡った。

竜も人も皆、時が止まりヒュッと息を飲む。

「……誰の国で、やろうとしている？」

そうフェリクス王その人である。莉奈の身長程はある長い剣を、魔法鞄《マジックバッグ》から抜き出し地に刺していたのだ。

目の前でやり合おうとしている竜に対して、牽制《けんせい》をしたのである。

「「…………」」

王竜、真珠姫、互いに無言だった。逃げようとしていた竜達も、その場で固まっていた。足が凍り付いた様に動かないのだ。

動いたらまとめてヤられる様な気がして、足が竦《すく》んでいた。

他の竜はともかく、この王竜と真珠姫の気性からして、たかが人間のそんな一言だけで、収まるとは思えない。

だが、徐々に……真珠姫の首周りの逆鱗が戻っていった。竜の怒りが人間の王のひと睨《にら》みで収まる……そちらの方が恐怖である。

「…………」

フェリクス王も無言で、二頭の竜を見ていた。やり合おうものなら、たとえ自分の番だとしても、その長剣で容赦なくバッサリとやるのだろう。

誰もが動けないでいた。動いたらフェリクス王に斬られるのでは？　という異様な緊張感、緊迫感が流れていたからだ。

その凄《すさ》まじい緊迫の中、強靭《きょうじん》なメンタルを備えた少女の呟《つぶや》きが一つ。

「……そういえば……竜の肉って美味《おい》しいのかな……？」

小説では、竜の肉は絶品だとか謳《うた》っている物もある。人を乗せる飛竜については知らないが、美味しいのかな……と素直な疑問が口をついてしまう。

ロックバードが食べられたのだから、竜も食べられるのかもしれない……と。こんな緊迫した空気の中、莉奈は一人疑問を口にしていた。

「「「「…………っ⁉」」」」

その場にいた全員、竜も人も目を見開き、妙な恐怖でヒュッと息を飲む音がする。

顔面蒼白《そうはく》あるいは、驚愕《きようがく》した表情を皆がしていた。

軍部の人達は、耳を疑っていた。竜と人が今まさに睨み合っているこの空気の中、ものスゴい言葉を放った者がいなかったか……と。

竜達も人間とは違う恐怖に戦《おのの》き、自然と半歩後ずさりする。

そして、その言葉を放ったであろう少女を、皆が戦々恐々として見ていた。

「お……お、お前……何言ってるんだよ──────っ⁉」

兄の後ろにいたエギエディルス皇子が、震える様な声で聞き返した。絶叫ともいう。聞き間違いであって欲しいと、願わなくもなかった。

お前はどういう状況の中で、そんな恐ろしい言葉を放つんだよ！　言うにしたって〝時と場所〟を考えろ‼　と。

「……え？」

「お……お前は、竜まで喰《く》う気かよ⁉」

「…………」

エギエディルス皇子に言われ、莉奈は思っていた事がポロッと口から漏れていた事に今気付いた。

「あれ？」

慌てて口を押さえたが、後の祭りである。静まり返っていたのだ、全員に丸聞こえである。

莉奈は何故《なぜ》、口から言葉が出てしまったのかと首を傾《かし》げていた。

「黒いの……聞いたか？」

瞠目《どうもく》したまま、口を半開きの状態で固まっている王竜に、フェリクス王が面白そうに話し掛けた。

「その娘は……竜《ワレ》を喰《く》らうのか⁉」

自分達を素材や薬として狩る人間は数多くいたが、血肉を喰らおうと考えている人間を初めて見たのだ。恐怖を通り越して驚愕していた。

「へっ？　いやいやいや……食べませんよ⁉」

王竜までが戦《おのの》いていたので、莉奈は身振り手振りで慌てて否定する。

小説は小説だし、目の前で話までした竜を食べようなんて考えてもいない。ただ、そう本に書いてあったな……と思わず口から出ただけなのだ。

「「「…………」」」

信じられないのか信じないのか、一生懸命否定しているのに、ナゼか竜達がゆっくりと一歩また一歩と下がって行く。

「えぇ⁉　ちょっと……誤解ですってば‼」

せっかく仲良くなったのに、潮が引くかの如《ごと》く一斉に莉奈の周りから竜がいなくなる。その様子に莉奈は慌てて竜を追いかける様にガバッと柵に入った。

その途端に「恐怖の大魔王が入って来たー‼」と言わんばかりに竜達は、ギャワギャワと飛ぶのも忘れ半ばパニック状態であっちこっちと逃げ回る。阿鼻叫喚《あびきょうかん》という言葉があるが、まさにこの事だろう。

「「「…………」」」

かつてない様子を目の当たりにし、呆然自失《ぼうぜんじしつ》で見ている軍部の人達。魔物の中でも冷静沈着な竜が、パニックを起こすその姿は……まさにカオスであったのだ。

その後、莉奈が王竜や真珠姫達の誤解を解くのに時間が掛かったのは云うまでもなかった。


「うわぁ〜〜っ‼　絶景だ〜〜」

莉奈は竜達の誤解をやっと解いた後、竜の宿舎の先にある広場にいた。その先に柵はなく崖《がけ》になっている。竜が飛来しやすい様になっているのだ。

「あんまり先に行くなよ？」

後から来たエギエディルス皇子が注意した。なだらかな坂ではなく完全な崖だ。足を踏み外せばひとたまりもない。

「わかってる……でもスゴイね……本当に山の上にあるんだ」

門の近くは行った事はあっても、外に出た事は一度もない。魔法省の方はある程度許可が下りていたから近くまでは行った事があるが軍部は別。危険な事もあるし機密も多い。

なにより、竜を安易に刺激しないため、近寄る許可が下りていなかったのだ。

魔物の侵入等を防ぐ高い塀で囲まれている王宮や他の宮。中にいるだけではまったく、そんな高い山にいたなんて気付きもしなかった。

莉奈は、初めて見て知ったこの王宮の場所の高さに、景色《けしき》の素晴らしさに圧倒されていた。

「標高1200……元からあった城を、竜のために改築増築させたとも云われている」

そう言いながら、フェリクス王がゆっくりとやって来た。

「そのうち、竜に乗せて下の町にも連れて行ってやる。それまでイイ子にしてろ？」

莉奈を面白そうに見た。またすぐにでも何かしらやらかすだろうと思っているのだろう。

「むっ……失礼な！　私はいつでもイイ子ですよ」

一瞬竜に乗せてくれると言う言葉に喜んだ莉奈だったが、後に続く言葉にプイッと横を向いた。

まるでいつも、何かしているみたいではないか。

「クッ……イイ子は竜なんか食わねぇ」

「食べてません‼」

フェリクス王は余程さっきの莉奈の発言が、ツボにハマった様である。

さっきから莉奈を見るたびに笑っていた。つられて弟まで笑うから、さらに頬《ほお》が膨れる。

「もう、戻りますよ⁉」

いつまでも笑うフェリクス兄弟を置いて、莉奈は宿舎の方にドスドスと歩き出す。背中から二人の笑い声が聞こえるが無視するのであった。

◇◇◇

「ちなみに、竜って何食べるんですか？」

白竜宮に戻る途中、竜の宿舎を横目にフェリクス王に訊《き》いてみた。

ちなみに、竜の宿舎は今度ゆっくり見せてくれるそうだ。竜が落ち着いたら……との事。

まぁ、仕方がないよね。

「昆虫、野菜や果物……あぁ……全然似合わねぇが花も食べるな」

「あ～花……果物」

たった今、見て来たのに、ゲームや小説に現れる獰猛《どうもう》なイメージが頭の片隅に残っていた。てっきりあの鋭い爪や牙《きば》で魔物をバシバシ倒して、肉を喰らうのかと思っていた。現実は全く違う様である。

しかし、莉奈はそこまで驚いていなかった。むしろ、しばらくするとナゼか納得さえして、頷《うなず》いてみせるくらいだった。

「個体によって、好きな色の花とか果物がある感じですか？」

「あるが……驚かねぇのか……お前」

フェリクス王は目を見張った。普通に考えて、竜が花等を食すとは誰《だれ》も思わない。

大概そう言われても驚き信じないのだ。なのにそれどころか、莉奈は好きな色があるかと聞いてきた。そんな質問が返ってくるとは思わなかったのだ。

「あ〜〜なんていうか……」

莉奈は、キョロキョロする。自分の声が聞こえる範囲内に竜がいない事を確認したのだ。

エギエディルス皇子が、続けろと話を促す。

「なんていうか？」

「〝トカゲ〟と似てるから？」

莉奈は、竜に聞こえない様にヒソヒソと言った。

プライドの高そうな竜達が、小さい生き物のトカゲに似ていると言われ機嫌を損ねたらいけないと、配慮したのだ。

「「トカゲ⁉」」

フェリクス兄弟がキレイにハモった。

そう……莉奈がさほど驚かなかったのは、外見がところどころトカゲと酷似していたからである。

「……そういや、お前……白いのも〝姫〟って付けてたよな？　あれが雌だってすぐにわかってたのかよ？」

エギエディルス皇子は莉奈が、初めて見た白い竜に〝真珠姫〟と付けていたのを思い出した。雄かどうかも分からない竜に、〝姫〟なんて付けるとは思えない。

いくら莉奈が適当とはいえ、竜が怒るかもしれないのにそんな名を付けるだろうか？

「ん？　だってあの白い竜、黒い竜より少し頭が小さかったじゃない？　だから女の子でしょ？」

そうなのだ。一回りという程の差はないが、比べると白い方が少し頭が小さかった。だから〝雌〟だろうと勝手に解釈していた。

「そうだけど……初めて見たのに……すげぇなお前」

エギエディルス皇子は改めて、感心していた。初見でそこまで分かる人間はほとんどいない。自分も兄に言われて気付いたくらいだ。

「トカゲも雄の方が少し、頭が大きいんだよ」

竜もそうだとは確証はなかったが、たぶんそうだろうと思ったのだ。

生き物によっては、雌の方が大きい事も勿論《もちろん》あるが、トカゲと似ていると思ったからそうだろうと、勝手に解釈していたのだ。

「へぇ～～」

エギエディルス皇子は、驚くと同時に妙に納得してしまっていた。

「食い物もかよ？」

今度はフェリクス王が訊いてきた。先程、莉奈が竜の食べ物に言及しなかったからである。

「似ていますね。トカゲも昆虫や虫、果物、花、野菜を食べますね」

「ほぉ」

フェリクス王も面白そうにし感心していた。知らない事を聞けて楽しいのかもしれない。

ちなみにだけど……トカゲは主に、幼体の頃《ころ》は〝コオロギ〟〝ミルワーム〟を食べさせて栄養を摂って大きくなる。

成体になると野菜、花や果物も好んで食べる。栄養バランスも考えて人工の餌、ドライフードの〝ペレット〟もあげるけど。

視力は人間と違い色の識別は出来ないらしい。だが、個体によって好きな色が違うから、一概に白黒でしか視られない訳ではなさそうだと、個人的には思う。竜はどうなのだろうか？

トカゲも怒ったりすると首回りの鱗《うろこ》が逆立つし、不機嫌だと首から胸元にかけて真っ黒になって、不機嫌なのが一目瞭然《いちもくりようぜん》なのだ。それも、竜と一緒であった。

トカゲがどんな物を好むのか等、その生態を身振り手振りで説明すると、フェリクス兄弟は莉奈の話を感心しながら楽しそうに聞くのであった。

余談だが、成体になってもトカゲは栄養価の高い〝昆虫〟〝ミルワーム〟は美味《おい》しいのか、ムシャムシャと良く食べる。だが、可愛《かわい》い～可愛い～といっぱい食べさせると……。

人間と一緒で……ふ・と・る。

だから野菜、果物中心にするのである。

莉奈は、その事は言わずに黙っていた。ナゼか言いたくなかったからだ。

第4章　軍部〝白竜宮《はくりゅうきゅう》〟

竜の平地を後にした一行は、莉奈《りな》の「軍部の厨房《ちゅうぼう》を見てみたい」という一言により厨房に向かっていた。莉奈がすれ違う人や調度品等まで興味津々にキョロキョロと見ていたので、エギエディルス皇子は呆《あき》れていた。

「お前……よそ見してんなよ」

「だって、王宮や私の宮とは全然雰囲気が違うんだもん」

さっきは竜の方に目がいって全然気にもしなかったが、今は違う。初めて来た白竜宮がどんな所なのか、見られるなら見られるだけ見てみたい。

ちなみに王宮は侍女もいるし、警備・警護の衛兵達がいる。しかし当たり前なのだろうが、軍部はそれらがまったくいない……というか、近衛師団か衛兵しかいない。

ハッキリ言って……男ムサイ‼

もちろん女性の兵もいるが、どの世界でも同じなのか圧倒的に男性が多い。気のせいかもだが……匂《にお》いが違う気がする。臭い訳ではないけど……。

「そっちじゃねぇ」

右を行こうとした莉奈の襟首を、ネコにでもする様にひょいと掴《つか》んだフェリクス王。興味津々であちらこちらキョロキョロし過ぎて、道を逸《そ》れていたらしい。

「なっ！　首を引っ張らないで下さい‼」

「首じゃねぇ〝襟〟だ」

「変わらん‼」

莉奈は思わずタメ口で反論した。首も襟も莉奈にしたら大した差はない。口で言ってくれればイイのに、と莉奈はムスッとした。

「なら……手でも握ってやろうか？」

フェリクス王は軽く腰を曲げ、からかう様に莉奈の耳元で囁《ささや》いた。

「……なっ！」

耳に……耳に……息がかかった～～‼

さすがの莉奈も、耳元にふいにかかった声と息に驚き、反射的に耳を押さえ離れた。だが、フェリクス王の声が耳に残っていて、顔がボッと火照っていくのを抑えきれなかった。

「……くくっ……お前……意外と可愛いな」

フェリクス王は、莉奈の初めて見せた表情が、何だか可愛く見え堪《たま》らずくつくつと笑っていた。いつもは何事にもあまり動揺しない莉奈が、顔を真《ま》っ赤《か》にして睨《にら》んできたのだ。

「か……可愛……うっさいわ‼」

莉奈は顔をプイッと背け、やっと言えた言葉がそれだった。

別に男の人に〝可愛い〟と、言われた事は初めてではない。なのに、フェリクス王が言った言葉に、どうしようもないくらい、心臓がドキドキとしていた。

上手《うま》く返せたら良かったとは思うが、そんな余裕はなかったのだ。

逃げる様にドカドカと前を歩き出す莉奈の背に、フェリクス王の楽しそうな笑い声が響くのであった。

◇◇◇

フェリクス王が、軍部の厨房の位置を把握していたのには、莉奈は少し驚いていた。王宮ならいざしらず、軍部で食事を摂る事などなさそうだからだ。

でも、普通の王とは違い、戦闘要員の人員の数に自らを入れているくらいなのだから、食堂を使う事もあるのかもしれない……と思い直した。

「……着いたぞ」

フェリクス王は、厨房の前で莉奈の襟首をポイッと離した。

前をドカドカ歩いていた莉奈は、道が分かる訳もなく結局またフェリクス王に、襟首を掴まれていたのだ。

「…………」

ネコじゃあるまいし、なんとも複雑である。不本意だ。軽く睨んでみたものの、ニヤリと笑われるだけで無意味だった。

いつか、アッと言わせてやる……と王に対してよからぬ事を考えていた莉奈だった。

「「「…………っ⁉」」」

フェリクス王兄弟が、この軍部に来ていたのは知らされていた。だが、まさかこんな場所に顔を出すと思わなかった料理人達は、不意に開いた扉とそこにいた人物に口を開けたまま固まった。

「あっ……結構広い」

さすがに王宮程ではないが、それでも充分広い。設置してある調理機材、器具もほぼ同じの様だ。

「へ……陛下……‼」

誰かがそう呟《つぶや》くと、正気に戻り皆一斉に膝《ひざ》を折り始めた。だが、フェリクス王は「構わん」とそれを制した。

「な……何か……ふ……不手際が⁉」

近くにいた料理人が、ガクガクと震える様な声で訊《き》いた。そうでもなかったら、王がここにわざわざくる訳がないと思ったのだ。

「この女が、厨房をみたいと言ったので連れて来たまでだ」

王は莉奈をチラリと見た。と同時に料理人の視線が一斉に莉奈に集まった。

……あれ？　このやり取り……似た様なのをやった覚えがあるぞ？

「〝この女〟です、以後お見知りおきを……」

莉奈は内心首を傾《かし》げつつ、料理人達に服を軽く摘まんでカーテシーもどきで挨拶《あいさつ》した。

「「「…………え？」」」

料理人達は、そんな挨拶に絶句し……。

――パシン。

莉奈の頭に、軽い平手が落ちた。

適当とも無礼ともいえる莉奈の言動に、フェリクス王が呆れ笑いをして平手を落とした様だった。

「「「…………っ!?」」」

もはや料理人達は、絶句である。莉奈の言動はもちろんの事だが、王がツッコミの様な平手を、この少女にしていたからである。

「……リナ？　やっぱりリナか」

「え？　あれ……サイルさん」

ふいに声を掛けられた莉奈がそちらを見れば、王宮の厨房でしばらく働いていたサイルであった。

よくよく見れば見知っている顔もチラホラある。料理やパン作りを教わりに、軍部から何人か来ていたのだが、一旦《いったん》こちらに戻っていた様だった。

そうそう、パンといえば……りんごのパン酵母も安定して作れる様になり、最近は毎日柔らかいパンが出る様になっている。

そして、酵母に砂糖を少し足し、さらにふわふわにさせたパンも、特定の人だけだが口にする事が出来ていた。

バゲットより食パンみたいな柔らかいパンが好みなのか、出来立てを渡したら、シュゼル皇子は花が咲いた様に喜んでいた。


「こっちでも何か作ってくれるのか？」

サイルは王に一礼した後、莉奈に話し掛けた。莉奈がわざわざ来る……という事はそういう事だろうと思ったらしい。

サイルがそう言えば、料理人の皆は莉奈が何者かが分かった様でザワザワとし始めた。最近、新しい料理で王宮中を賑《にぎ》やかしている少女だと。

「え？　いやいやいや……そんなつもりはないけど？」

厨房がどんなものかな……と覗《のぞ》きに来ただけで、作りに来た訳ではない。莉奈は慌てて手を横に振った。

「「「え〜〜っ」」」

料理人達は、明らかにガッカリして肩を落とした。

ドコへ行っても莉奈＝美味《おい》しい料理を作る人……という方程式になっているらしい。

「リナ……なんか作ってやれば？　俺、その間竜でも――」

見てるし……とエギエディルス皇子が言おうとした瞬間、ガシリと頭を兄王にわしづかみされていた。

「……痛ぇ！　痛ぇって！」

「なら、久々に剣の相手でもしてやろう」

「げぇっ⁉　イイ‼　しっ死ぬから‼」

エギエディルス皇子は兄の言葉に驚愕《きょうがく》すると、顔面が文字どおり蒼白《そうはく》になっていた。蒼白ってああいう色なんだ……と莉奈は感心する。

「死ぬ訳あるか……いつも最小限に加減してやってるだろうが」

「フェル兄の加減は……全然加減じゃねぇんだよ――っ‼」

頭を掴まれたエギエディルス皇子は、バタバタと渾身《こんしん》の力で抵抗してみせた。

だが、体格差もさることながら、その力の差にビクともする訳もなく……ズルズルと引きずられて行ってしまった。

「エド……お大事に～～？」

フェリクス王は、一時間後に迎えに来ると言って去って行った。

……という事は一時間近くシゴかれるのだろう。

魔王VS人間……莉奈は大変そうだなと、遠ざかって行くエギエディルス皇子の背に手を振ったのだった。

◇◇◇

軍部〝白竜宮〟の厨房も、王宮と変わらない設備が整っていた。奥にはゴミ処理のスライムも入っているみたいだ。ただ少し違うといえば、最近王宮に運び込まれた例の大きな鍋《なべ》が三つもある。

体が資本の軍部だし、大食漢が大勢いるのだろう。大鍋《おおなべ》は混ぜやすい様に斜めに設置されていて、何度見てもグリグリするのは面白そうだ。

「で、何を作ってくれるんだ？」

ワクワクした様な表情のサイルが訊いてきた。

「何を作ろうかね～～」

莉奈は冷蔵庫や保管用の魔法鞄《マジックバッグ》の中身を確認しながら考える。夕食にはロックバードが控えているから、ガッツリ系は遠慮したい。

だが、フェリクス王にも食べて貰《もら》いたいから、甘味類はダメ。

「じゃがいもがたくさんあるから……ポテトチップスでも作ろっか？」

これなら、揚げるだけでスゴく簡単だし、なによりお酒のツマミにもなる。フェリクス王も喜んでくれるに違いない。エールにポテトチップスは最高だろうし。

「何？　……ポテト？」

「ポテトチップス」

〝ポテト〟は分かるけど〝チップス〟は分からないのか、首を傾げる料理人達に軽く説明する。

「薄く切ったじゃがいもを、たっぷりの油で揚げた物」

青のりや粉末のコンソメなんてないから、塩、胡椒《こしょう》、ハーブ、チーズ味くらいしか出来ないけど。

「スライスして揚げるって事？」

なんとなく分かったのか、サイルが言った。フライドポテトはあるから、想像が出来たらしい。

ちなみにこの国のフライドポテトは、油が良くきれてないからべしゃべしゃだったけど。

「そっ……簡単だから、みんなで作ろうよ」

莉奈が提案すると、サイル達は楽しそうに大きく頷《うなず》いた。

ポテトチップスは超簡単だ。じゃがいもを薄くスライスして、水に浸ける。

そして、水を何回か替えてじゃがいものデンプンを取るのだ。これがポイント。デンプンがしっかり取れてないと、カラッと揚がらない。

……ん？　そういえば、王宮の倉庫に片栗粉があったな。この底に溜《た》まったデンプン……乾燥させたら片栗粉が出来るのかな？

莉奈はボールの底に溜まったデンプンを見て思っていた。

純粋な片栗粉は片栗の根から採るけど、市販の片栗粉のほとんどはじゃがいものデンプン、馬鈴《ばれい》薯《しょ》の片栗粉だ。

確かこの国の食糧庫にあったのも、じゃがいもの片栗粉だったハズ。

誰《だれ》が思い付いたか知らないけど、尊敬するよね。そのおかげで色んな料理が出来るんだから。


「リナ、後はどうすればいい？　水気を取ればいいのか？」

サイルが訊いた。皆のボールを見てみれば、スライスの厚さに差があるものの、大量に出来……おやつにしては、大量にあり過ぎる気がするけど……。

「うん、そう」

じゃがいもの水気をキッチンペーパー……がある訳ないから、ふきんでよく取る。鍋に3センチ程の油を注ぎ、温めて数分揚げる。カラッとしてきたらバットに上げ出来上がりだ。

後は、好みの味つけにすればいい。


——パリッ、パリッ。

莉奈は出来立てを、早速口に放り込んだ。

うん‼　上出来だ。パリパリッとして美味しい。

塩味にしたが、なかなか旨《うま》い。海はあるのだから、青のりもドコかに存在はしているハズ。めざせ青のり味！　である。

「ウマイ……！」

「スライスして揚げただけなのに……パリパリして美味しい！」

「俺、エールが欲しい‼」

皆もそのパリパリ食感と軽さに、次々とポテトチップスに手が伸びる。まさに、ヤメられない止まらない状態である。

莉奈がバジルと粉チーズを振りかけて出せば、皆の手も加速して伸びていた。味の変化に、食欲が止まらなくなった様だ。出来上がる側《そば》から次々と減っていく。

「チーズ最高‼」

「絶対エール‼」

アハハ……太れ……太るがイイ……‼

莉奈はハイカロリーなポテトチップスを、太るモトとは知らずに、パリパリと頬張《ほおば》る皆を見て一人ほくそ笑んでいたのであった。

剣の稽古《けいこ》か、はたまたシゴキなのか、帰って来た二人を見て、莉奈は顔をひきつらせていた。果たしてあれは、帰って来たと言っていいものなのだろうか？　兄王の左脇に弟が俵の様に抱えられているし。

グッタリしているのか、ピクリともしないエギエディルス皇子。

「え……っと？　大丈夫なんですか？」

小脇に抱えられた彼を見て、心配になり訊《き》いた莉奈。息はしている様だが反応が薄い。

ケガはないみたいだけど……コレ、大丈夫なのかな？

「問題ねぇよ」

フェリクス王は弟を床にドサリと下ろすと、近くの椅子にゆったりと座った。

大丈夫かと訊いたつもりなのだが、問題ないって返答があるのかな？　グッタリしてますけど？

「エド……大丈夫？」

まったく起き上がる様子のないエギエディルス皇子の頬《ほお》を、莉奈はしゃがんで指でツンツンと突っついてみた。

「……身体中が痛ぇ」

ピクリと微《かす》かに動いたエギエディルス皇子は、うつ伏せのままボソボソと小さな声を漏らした。

相当シゴかれた様だった。

「ポーション飲む？」

「いらねぇ」

ヨレヨレと立ち上がると、ふらつきながら兄王とは違うテーブルの椅子に、突っ伏して座った。

息も絶え絶えというより、疲れきってぐったりの様である。

「なんか……甘い飲み物でも作ろうか？」

おやつ的な物より、まずは水分補給かな……と。

「……」

エギエディルス皇子は少しだけ顔を上げると、返事の代わりにキラキラした目で訴えていた。

……ぐはっ‼　可愛《かわい》過ぎるんですけど⁉

「んじゃ、ちょっと待ってて」

萌《も》え萌えした莉奈は、可愛い彼のために何か作ろうと厨房《ちゅうぼう》に向かった……のだが、その背に一つ、声が掛かった。

「俺にはエール」

振り返れば優雅に脚を組んでいる、フェリクス王だった。

なんで、当然の様にお酒なんか、要求するのかな？

「寝言は寝てからおっしゃって下さい」

莉奈は、王の要求をガン無視しスタスタと厨房に消えた。途端にフェリクス王は、俯《うつむ》いて肩を震わせ始めた。

あれはきっと、自分がどうでるのか言ってみたに違いない。エールが出たら出たでラッキーくらいな気分なのだろう。

遊ばれている……そう思うと腑《ふ》に落《お》ちない。

「「「……っ⁉」」」

莉奈のその返答に、料理人達は顔面蒼白で鯉の様に、口がパクパクしていた。

王宮の料理人達は、莉奈の無礼や不敬など慣れてはきたが、初めて見た軍部の料理人達はガクブルものであった。

◇◇◇

「何を作るんだ？」

莉奈が作り始めれば、誰ともなく大抵こう訊いてくる。恒例行事といってもいい。

「ククベリーのミルクジュース」

サイルが莉奈の作業を見ながら、さらに訊いてきた。

「ミルクジュース？」

「ククベリーと牛乳を混ぜただけの物」

こういうとなんか、素っ気なくて美味《おい》しくなさそうだ。莉奈は自分で説明しながら苦笑いしていた。

「材料は？」

「ククベリー・牛乳・砂糖・好みでハチミツを入れるだけ」

ククベリーは少しだけ潰《つぶ》して、後は全部入れて混ぜて冷やすだけ。果物を変えればバリエーションが増える。

エギエディルス皇子は、ものスゴく疲れているだろうから、甘酸っぱい方がいいかなと、ククベリーにしてみた。

もちろん、バナナとかイチゴでも美味しい。

「リナ……魔法鞄《マジックバッグ》に食べ物入っているのかよ」

ククベリーや砂糖・ハチミツが、魔法鞄《マジックバッグ》から出てくるとは想像していなかったのか、驚いた料理人が呆《あき》れる様に言った。

討伐とかに行く軍部の人達でさえも、入っていたとしても普通出来上がった料理だ。

なのに、莉奈は材料や調味料を入れている様だった。

「ん？　タンスも入ってるよ？」

莉奈はポンポンと、魔法鞄《マジックバッグ》を叩《たた》いた。この中には、廃棄寸前のタンスが何個か入っている。中学の時に習っていた空手の練習にでも使おうかと、ラナ女官長や侍女達に貰ったのだ。

「「はぁ？　ナゼ？」」

もれなく全員が瞠目《どうもく》しツッコんでいた。百歩譲って料理をする莉奈だから、砂糖とかの材料は分かる。だが、タンスを入れる意味は分からなかったのであった。


「うっま――――っい‼」

早速出された、ククベリーのミルクジュースを飲んだエギエディルス皇子は、やっと息を吹き返した様だった。喉《のど》も渇いていたのか、気持ちが良いくらいにゴクゴク飲んでいる。

フェリクス王が不服そうにグラスを指で弾いた。弟にはジュースが出てきて、自分には水という扱いが気に入らないらしい。

「俺には、ただの水かよ」

「レモン水でもお作りしましょうか?」

「好きじゃねぇ」

本気で不服の声を上げている訳ではなさそうだが、イマイチ不満なのは確かみたいだ。

その姿が、なんだか可愛いと思うのは自分だけだろうか。

「なら、冷たい紅茶でよろしければ、お出し出来ますが?」

エギエディルス皇子に魔法で作って貰《もら》った氷で冷やしたアイスティーが、魔法鞄《マジックバッグ》に常備してある。ジョギングの後にでも飲もうかと、用意してあったのだ。

「ストレート」

「承知致しました」

莉奈は苦笑いしつつ、アイスティーを出してあげた。もちろんストレートティー。濃いめのアールグレイだ。

「……ウマイな」

普段はほとんど温かい紅茶しか出てこない。それをイベールや自分で冷やして飲む事はあるが、莉奈の注いだアイスティーは別格だった。

フェリクス王はこのアイスティーをお気に召した様である。

「よろしければ……こちらも御賞味下さい」

莉奈は続けて、先程作ったポテトチップスを取り出した。身体を動かした後なら、塩気も欲するハズ。

味は薄塩と塩胡椒《しおこしょう》、そして粉チーズとバジルを合わせた三種類である。

「なんだよソレ‼」

完全復活したエギエディルス皇子が、パタパタと兄の向かいに座った。新しい食べ物に興味津々だ。

「ポテトチップス」

「ポテト？　甘いのか？」

見ただけでは、塩辛いのか甘いのかも分からないエギエディルス皇子は、わくわくしながら訊いてきた。

「甘くはないよ。黒い粒が掛かってる方は、胡椒《こしょう》だから少し辛い。後はただの塩とチーズ」

「ちぇ〜〜。甘くないのかよ」

少し残念そうなエギエディルス皇子。そんな彼に莉奈は小さく笑ってしまった。

「甘くはないけど、美味しいよ？」

莉奈はエギエディルス皇子の隣に座ると、塩胡椒味をつまんで食べた。

——パリパリパリ。

胡椒がピリッとして、美味しい。炭酸が欲しくなる味だ。

エギエディルス皇子も、甘いお菓子が欲しかったのだが、ポテトチップスを渋々ながら口に運んだ。

「……んん？　何この食感‼　すげぇパリパリしてウマイ！」

予想を裏切る美味しさに、エギエディルス皇子は御満悦だった。うす塩味を次から次へと口に運んでいる。

「塩辛いお菓子ですから、陛下も是非」

と莉奈は薦めた。もちろん、ピリッとする胡椒味を。

王は酷《ひど》く興味なさそうに仕方なく、ポテトチップスを一枚口に運んだ。

「……っ」

興味がなかっただけに、驚いているのが見てとれた。塩辛いお菓子なんて初めてなのかもしれない。

「どうですか？」

二枚目を手に取るのだから、気に入ってくれたとは思う。だが、やっぱり言葉で聞きたい。

「……エールに合いそうだな」

「チーズの方ならワインでも合うと思いますよ？」

塩気はやはり飲み物、お酒が欲しくなる様だ。

「そうか」

フェリクス王はうっすら口元を綻《ほころ》ばせると、胡椒味のポテトチップスとチーズ味のポテトチップスがのったお皿を、スッと自分の魔法鞄《マジックバッグ》に入れた。

「なっ……！　フェル兄、なんでお菓子を鞄にしまうんだよ‼」

それを見たエギエディルス皇子が、椅子から立ち上がって猛抗議した。まだ自分がうす塩味しか食べてないのに、鞄にしまわれたからだ。

「これは菓子じゃねぇ……ツマミだ」

「ツマミじゃねぇ！　お菓子‼」

「黙って塩味食ってろ」

「んなの……横暴だ――――っ!!」

なんだかしらないが、兄弟による妙な小競り合いが起き始め、莉奈は仲が良いなと笑っていた。

第５章　何も聞かなかった事にした

王達が仕事に、莉奈《りな》は銀海宮《ぎんかいきゅう》に戻ってから、小一時間後――。

ゲオルグ師団長率いる竜騎士団が帰還した。王命がなければ近衛師団兵な訳で、ものスゴくややこしい。

フェリクス王達に呼ばれた莉奈は、慌ただしく王宮の裏庭に向かっていた。

裏庭とはいえ、手を抜いたりする事がないらしい。いつ見ても手入れが行き届いており、草花がキレイで雑草がまったくない。

莉奈が裏庭に着くと、フェリクス王も含め全員が待っていた。

「…………」

王より後に到着とか……いくらチタン合金のメンタルの莉奈でも、複雑な心境であった。

別に待ち合わせしていた訳ではないし、なんだったら何時に来いと言われていた訳でもない。

だけど、自分以外が揃《そろ》っていて、後から来た自分を全員が見る。この視線がなんだか痛い。

「お待たせ致しまして、大変申し訳ありません」

一応王達が見えた辺りから小走りに向かうと、深々と頭を下げた。正直走りたくはなかったけど、皆が一斉に〝来たな〟って表情で自分を見ているのに、ゆったり歩いて行ったら……お前何様だよ？　となるに違いない。

そんな事をしても許されるのは、ここにいる人達より身分の高い者だけ……要はいないという事だ。

「こちらこそ、お忙しいのにお呼びだてして」

シュゼル皇子がほのほのとしている横で、王がアイツが忙しい訳ないだろう？　って表情《かお》をしている。

ム・カ・つ・く‼　あのニヤついた顔を殴りたい。

「ロックバードの件ですよね？」

殴りたい気持ちを微塵《みじん》も出さずに、莉奈は笑顔で訊《き》いた。ゲオルグ師団長もいるのだから、そういう事なのだろうと察する。

「あなたの【鑑定】を信じていない訳ではありませんが、確認も兼ねてお願いします」

シュゼル皇子は軽く頭を下げてきた。ゆくゆくは市民にも普及させていくのだ、何度も確認するのは当たり前。莉奈は改めてお願いする、シュゼル皇子には頭が下がった。

「ゲオルグ」

シュゼル皇子がそう声を掛けると、ゲオルグ師団長は頷《うなず》き、魔法鞄《マジックバッグ》からロックバードをドスンと取り出した。相変わらずデカイ鳥である。

皆の注目する中、ロックバードを【鑑定】すると、やはりモモ肉・ムネ肉のみ食べられる様だった。これで、安心してこの国の人達に普及、配給出来るだろう。

「ものはついでだから、これも【鑑定】してくれ」

と言うとゲオルグ師団長は、魔法鞄《マジックバッグ》から新たな魔物をドスンと取り出した。

……え？

ええ――っ⁉

――うっわ……キモッ‼

キモイんですけど――⁉

莉奈は思いっきり顔をしかめた。そして、自然と腕を擦っていた。鳥肌が立つとは、まさにこの事だった。鳥肌なんて人生に一度あったかなかったかくらいだ。本当にゾワリと、立つものなんだなと感心する。

何が気持ち悪いかって？

だってこれ……芋虫でしょ‼　イ・モ・ム・シ‼

胴回りは2・3メートルあるだろう、イ・モ・ム・シ‼

大きなゲオルグ師団長でさえ、丸飲みするだろう大きさの芋虫だ。

なんでこんな物捕ってくるのかな？　何に使えるのよ【芋虫】の魔物なんか。

莉奈は口にこそ出さないが、ブツブツと心の中で文句を垂れていた。

芋虫と違うところと云えば、体には数本の触手があり、その先には太く尖《とが》った爪が生えている。この触手で地を刺したり掴《つか》んだりして、歩く？　這《は》うのかもしれない。

よく見るとうっすら開いた口には、小さい歯がいっぱい生えていた。人間と違い２・３列に生えているのだ。そして、その口周りにはひげのような無数の触手。

草食系では無さそうである。とにかく気持ちが悪いの一言に尽きる。

「鑑定するのは構いませんけど……【食用】と出たら〝コレ〟食べるんですか？」

莉奈は確認するように全員をまんべんなく見てみる。この芋虫を鑑定する意味を知りたい。食用と出たら出たでどうするのかな？　私は絶っっっ対に食べないからね？

「……いやいやいやいや」

ゲオルグ師団長が、手を力強く左右に振っていた。そういうつもりで【鑑定】をしてもらおうとしていた訳ではない様だ。そして、食べる事を想像して気持ちが悪くなったのか、ブルリとその大きな身体《からだ》を震わせた。

近衛師団の人達も、首を大きくブンブンと横に振り、鳥肌でも立ったのか腕を擦っていた。皆、食べる気ではないらしい。

「この魔物……爪とかに毒があるのだが、詳しく鑑定する機会がないから、今後の参考に出来ればと……」

莉奈が怪訝《けげん》そうに見たものだから、ゲオルグ師団長は慌てて否定し本来の目的を教えてくれた。

鑑定士が少ないので、イチイチ鑑定には回さない。シュゼル皇子や魔法省長官のタールの様に鑑定士も鑑定する以外の仕事も持っていて暇ではないからだ。

だから、過去の軍部の人達が調査したり経験した記述を、そのまま信じるしかないのが現状の様だった。

「ふ〜〜ん？」

食べたければ食べればいいんじゃないかな？　と思いつつ莉奈はこの芋虫を鑑定して視る事にした。

【キャリオン・クローラー】

湿気のある処を好む性質の魔物。

触手に生えた爪は、岩場をも突き刺し天井や壁をもよじ登る。

〈用途〉

口周りの触手、触手の先に生えた爪には、強い神経毒がある。

武器に塗布すれば麻痺《まひ》毒としても使用可。服毒すれば強い麻痺毒により死に至る事もある。

〈その他〉

食用ではない……が心臓は食用可。

血はポーションと混ぜると解毒薬として使用可能。


「…………」

莉奈は絶句した。まさかの【食用可】。

……え？　キモッ！　食べられるの⁉

誰《だれ》がなんの為《ため》に食べるんだよ‼

芋虫……超怖――――いっ‼

莉奈は思わず【検索】をかけて視て、さらにドン引きしていた。

【心臓】

一度乾燥させて焼くと、舌や身体がピリピリとして珍味である。


……舌や身体がピリピリ？

え？　それ毒じゃね？

「リナ？」

シュゼル皇子が青ざめている莉奈の顔の前で手を左右に振った。意識をこちらに戻すためだ。

「芋虫食べます？」

「……は？」

「芋虫……キャリオンちゃん」

「「「…………」」」

莉奈が呆然《ぼうぜん》としながら呟《つぶや》いた。だが、その言葉にすべてを察した皆は、顔面蒼白《そうはく》になったり顔をひきつらせたりしていた。

「……た……食べられるのか？」

ゲオルグ師団長が顔をヒクヒクとしながら訊いた。

冗談であって欲しいと願わなくもない。

「心臓なら……食べられるみたいですよ？」

「「「…………」」」

「なんか……身体がピリピリするみたいですけど……」

「「え？　毒じゃね？」」

竜騎士団の人達がボソリと漏らした。鑑定をした莉奈でさえそう思うのだから、皆もそう思うのだろう。

だが、食えると表記されている。〝心臓〟だけは毒が薄いのか食べられるに違いない。

私は食べたくないけど‼

「乾燥して焼けば食べられるみたいですから……陛下是非酒の肴《さかな》に――」

「棄てておけ」

「え……でも」

「棄てておけ」

莉奈が冗談半分で言えば、即答で廃棄しろとの声が掛かった。

良く分からないがコノワタ的な珍味なのでは？　と勝手に予想してみたのだが、王はお試しでも食べたくないみたいだ。もう一度確認しようとしたら、ふざけんな的な表情をして睨《にら》み返してきた。

「……えっと？」

と弟皇子やゲオルグ師団長にも、一応お伺いを立ててみたけど……力強く首を横にブンブンと振った。

「誰得なんだよ」

　エギエディルス皇子がブツブツ言っていた。

　確かに死にはしないけど、ピリピリする食べ物誰得なんだろう？

　美味《おい》しいとは表記されていないから、特別美味しい訳ではなさそうだし……。

◇◇◇

「……なるほど……ポーションに血を混ぜると解毒薬に」

　改めて莉奈が鑑定した内容をそのまま伝えると、シュゼル皇子は初めて知った事実に大きく頷《うなず》いていた。

　血そのものだと毒だが、ポーションと混ぜれば解毒薬になるとは想像もしていなかったのだ。

　ちなみに珍味の心臓の事は、皆の心の中からキレイさっぱりと廃棄されている。聞かなかった事にするつもりらしい。

「割合」

　フェリクス王が莉奈をチラリと見た。混ぜると一概にいっても分量がある。なんでもかんでも混ぜれば完成する訳ではない。

調べろという事だと察して、莉奈は詳しく調べるため今度は【解毒薬】のところに、さっきも使った【検索】をかけて視た。


【麻痺毒用解毒薬】

　キャリオン・クローラーの血で生成可能。

　血2、ポーション8。

〈用途〉

　飲用または、傷口にかける。麻痺毒に効く。

〈その他〉

　飲料水。飲用した方が効果あり。


「血が2、ポーション8みたいです」

視たままを、フェリクス王達に伝えた。ついでに飲んだ方が効き目が良い事も伝えておく。

私は絶対に、芋虫の血なんて飲みたくはないけど。

「エギエディルス」

「ヴィルに伝えとけばいいんだろ？　ついでにこの芋虫も持ってってっとく」

兄王に言われなくとも、言わんとしている事が分かったのか大きく頷き、魔法省長官タールに持って行く事を了承した。そして、芋虫の魔物ことキャリオン・クローラーを少しだけふらつきながら魔法鞄《マジックバッグ》にしまった。

素手で触れるのかよ‼

エドくん……キミ……顔に似合わずワイルドなんだね。

莉奈がドン引きしている事などまったく知らないエギエディルス皇子は、しまった後に手はしっかりと浄化魔法でキレイにしていた。

なお、魔法鞄《マジックバッグ》に出し入れする時って魔法のおかげなのか重さを余り感じない。どの程度まで感じないのか試してみたい……と思う莉奈だった。

「そうそう、リナ。ゲオルグ達が渡したい物があるらしいですよ？」

エギエディルス皇子が、芋虫の魔物をしまったところで、シュゼル皇子がポンと手を軽く叩《たた》きニコリと微笑《ほほえ》んだ。

「え？　渡したい物？」

まさか……ポーション？　何かあるたびにポーションをくれるゲオルグ師団長の事だ、期待しないに限る。

「ハハハ！　そんな怪訝そうな顔をするな、リナ嬢」

莉奈が何かを察して、眉《まゆ》をひそめたのを見たゲオルグ師団長は豪快に笑った。

……リナ〝嬢〟。

莉奈は何度言っても〝君〟とか〝嬢〟を付けたがるゲオルグ師団長に物を申すのはヤメる事にした。

「そうですよ、リナ。とても良い物をとって来て貰《もら》ったのですよ？」

とって来て貰った……というのだから、シュゼル皇子がこの人達に頼んだという事なのか。

「だから、こんな遅かったのかよ」

エギエディルス皇子が、呆《あき》れていた。

早朝から討伐に出向いたハズなのに、昼過ぎまでかかっていたのはそういう訳らしい。

莉奈はてっきり、ロックバードが見つからないのか、捕りすぎているのかと思っていた。

「外に行くついでですよ？」

悪びれもなく、ほのほのしている。

王命を受けた【竜騎士団】の私的な使用、職権乱用とか……いいんですかね？

……とフェリクス王を見たら、シュゼル皇子の頭にパシりと一つ平手が落ちていた。

それで、済むんか――い!!

普通、罰があると思うんですけど？

仲がよろし過ぎる王兄弟に、莉奈は思わずツッコミを入れていた。

「何をとらせて来たんだよ？」

いつも通りなのか気にもしないエギエディルス皇子が、何事もなかった様にして訊《き》いた。

「ゲオルグ」

とシュゼル皇子が指示をすれば、魔法鞄《マジックバッグ》から新たに何かが取り出され、次々と積み上げられていく。

「ん?」

莉奈は遠くからでは良く見えず、ゆっくりと近付いた。どうやら生き物系ではない様である。近付いて良く見れば、それは籐の籠《かご》で、中にはなにやら赤黒い実だか果実だかが、沢山入っていた。

「なんですか? これ」

鑑定してしまえば一発で分かるが、眼《め》が疲れるし面倒なので莉奈は訊いて済む事には【鑑定】を使わない事にしている。

「ブラックベリーといって〝苺《いちご》〟の一種です」

いつの間にか、隣に来ていたシュゼル皇子がニッコリと微笑んだ。苺の一種というのだから、この世界にも色々な種類の苺があるのだろう。

言われて良く見ると、粒は少し大きめで5センチ程はあるし、やけに黒いけど苺である。赤い苺に慣れているから、違和感が半端ないけど。

「……美味しいんですか?」

「大変美味しいですよ?」

シュゼル皇子は毒見代わりに一つ摘まむと、一口食べて見せた。さすがに一粒が大きいから、一口では頰張《ほおば》らず、上品に少し齧っていた。

「どれどれ」

そこまでさせといて、自分は後で鑑定《どくみ》してから……とは言える訳もなく、同じく一つ摘まんで食べてみる。

……モグモグ。

……んんっ‼　味が濃い‼

一粒数千円はする様な、高級な苺の味がする。

食べた事はないけど！

スーパーとかで売っているお手軽な苺の味ではなくて、しっかり濃い味がしてほどよい良い甘さの苺だった。上に練乳とか砂糖がいらないくらい甘くて美味《おい》しい。

あ～～。これで作る苺タルト、ショートケーキ、クレープ、ジャム最高じゃ――――。

――刺さる様な視線を感じ、ふとシュゼル皇子を見てみたら、ものスゴく熱い視線を自分に向けていた。

「…………」

見なければ良かった。熱過ぎて顔が焼けそうなんですけど。

……はいはい……そういう事ですよね？　つ・く・れ・って事かな？

シュゼル皇子は、絶っっっっ対にそのつもりでコレを採らせに行かせたに違いない。断言出来る。

甘味……いわゆるスイーツは、面倒くさいから今は作りたい気分ではないんだよね。また今度でイイですか〜？

……と言える感じではない。

シュゼル皇子の笑顔という名の圧が、半端ないんですけど。ま・さ・に・重圧‼

「何が作れますか？」

シュゼル皇子が満面の笑みで訊いてきた。

普通〝笑顔〟って人を癒《いや》すものだと思うんだけど……。この人……笑顔で人をコロセそうですけど？

「……えっと」

「えっと？」

シュゼル皇子の笑顔が、さらに深くなった様な気がするのは、気のせいだろうか。莉奈は顔がひきつりそうなのを、必死で抑えていた。作る事を前提に、話が勝手にドンドンと進んでいく恐怖。

こういう感じで、色んな交渉をしていくのかもしれない。

宰相様まじコワイ。

「簡単な……」

「簡単な？」

「苺バターでもお作り致しましょうか？」

莉奈は、色々なレシピをものスゴい勢いで頭を巡らし、とにかく簡単に出来る物を選んでみた。

ここでショートケーキなんかにしたら、スポンジ生地から作らなければならない。何度か作った経験のお陰で目分量で出来るにしたって、混ぜたり焼いたり超が付くほど面倒くさい。

それでも作り始めたら面白いからイイのだけど……。今は作りたい気分ではない。

「「「苺バター？」」」

その言葉に、シュゼル皇子だけでなく、エギエディルス皇子やゲオルグ師団長達も釣られてしまった。

「バター同様にパンに塗ると、甘くて美味しいですよ？」

言葉で説明するのは難しいけど、苺の酸味とバターの甘さで美味しい。

母親と弟はこれが大好きで、苺の季節には必ず朝食はパンとコレだった。ジャムより美味しいと二人のお気に入りだったのだ。

「いつ出来ますか？」

「いつ……」

シュゼル皇子の笑顔という名の圧力に、若干顔がひきつるのを抑えるのが大変になってきた莉奈。

確かに作るのは簡単ですけど……何ですか？　その圧力。期日とか時間とか、正確に伝えとかないといけないのかな？

どうにかして欲しいとフェリクス王を見たら、呆れ果ててこちらを見もしなかった。

「えっと……夕食までには出来ますよ」

待っても助けは来ないので、いつまでに作るかを伝えた。

まぁ、一時間もかからないからいいけど。ただ、モニカ辺りに見つかったらスゴく面倒くさい。

「楽しみにお待ちしておりますね？」

「…………はい」

シュゼル皇子の笑顔が、ドシンと莉奈を押《お》し潰《つぶ》していた。何かをした訳ではないのに、なんでこんなに疲れるのだろうか。

「陛下には、ガーリックバターでもお持ち致しましょうか？」

同じく疲れているだろうフェリクス王に、莉奈は別の物を作ってあげようと思った。甘い物はキライだから苺バターなんていらないだろうしね。

「「ガーリックバター⁉」」

なのに食いついてきたのは、王以外だった。

皆さん……落ち着いてくれませんかね？

結局ロックバードは、すべてを処理するには時間がかかるらしく、明日以降となった。

別に王達の分だけは先に処理して、夕食に回す事も出来るらしいけど、食べられない者達の反感を、無闇に買うのはよろしくないだろう……と明日以降に決まった。丁度いい機会だからと解体の仕方、処理の仕方をやった事のない人達に教えるそうだ。

教えてやろうか？　とフェリクス王に言われたが、丁重にお断りした。魚の解体ならまだしも、獣系はやった事はないから、気持ちが悪い。それに、絶対にからかって言っているに違いない。

もちろん、解体してくれる人達には、感謝しかない。だって、狩って解体する人達がいるから、お肉が食べられるんだものね。

スーパーではなんでも売られているから、命を食べるって事をすっかり忘れてしまっていた。

◇◇◇

「リナ、おかえり。竜はどうだった？」

厨房《ちゅうぼう》に戻るとラナ女官長が、優しい笑顔で迎えてくれた。仕事が一段落ついて会いに来てくれた様だ。

年齢もお母さんと近いせいか、いるだけでほっとする。心が休まるとはこの事である。

モニカも一緒に戻って来たみたいだけど、背後にいる彼女は見なかった事にしよう。彼女は時折狩人《かりうど》の様な目でこっちを見る。くわばらくわばら。

「かっこよかったよ？　王竜はデカかった」

後からエギエディルス皇子に訊いた事だけど、初めに竜が頭に直接話し掛けた【念話】は、番以外には滅多にやらない行為だとか。

言葉を使って話す事も、魔力を少なからず使うため面倒くさがってやらないそうだ。そこまでして話をしてみたいと、竜の興味を惹《ひ》けた事がスゴいと彼は羨《うらや》ましがっていた。

「やっぱり、怖くはなかったのね」

ラナ女官長は苦笑いしていた。さすがの莉奈も、本物を見れば少しは怖がると思っていたのだ。

「竜はかっこいい‼」

莉奈は、興奮覚めやらないのか、瞳《ひとみ》をキラキラとさせていた。

「竜で喜ぶ女……初めて見た」

料理人がボソッと、複雑な表情で呟《つぶや》くと、聞こえていた皆は苦笑いした。宝石やアクセサリーで喜ぶ女性は数多いが、竜を見て喜ぶ女性はまずいない。失神する方が多いのである。

◇◇◇

「……で？　何を作るんだい？」

マテウス副料理長が、莉奈の頭をポンポンと優しく叩《たた》いた。理由はともかくとして、喜ぶ莉奈はなんだか可愛《かわい》いと思う。

「苺、ブラックベリーを沢山貰《もら》ったから〝苺バター〟と、陛下には〝ガーリックバター〟でも作ろうかと」

「「「苺バター!?」」」

「「「ガーリックバター!?」」」

皆が一斉に目をキラッとさせた。こういう時の皆って、ちょっと引くくらいコワイ時がある。人も動物なんだと思う瞬間だ。

「簡単だから、すぐ出来るよ」

どっちも簡単で、おまけに材料も少なくて済む。

莉奈は、まず苺バターを作ろうと材料と道具を用意し始めた。必要な道具はボウルと泡立て器とヘラ、そして作った苺バターを入れる小瓶。

材料は、ブラックベリーとバター、ハチミツの三つだ。

「まずは、バターをボウルに入れておいて、常温に戻して柔らかくしておく」

「「ふんふん」」

「砂糖でもいいけど、ハチミツがあるのでハチミツを……」

「リナの鞄《かばん》には……ハチミツが入っているのか⁉」

魔法鞄《マジックバッグ》から取り出したハチミツを見たリック料理長が、目を丸くさせていた。そんな物を一体何処で手に入れ持っているのだと。

「藁《わら》も入ってるよ？」

「「なんでだよ⁉」」

王宮の裏にたまたま落ちていたから、意味はないけど拾ってみた。ハチミツは警備兵のアンナが、無茶をやって蜂の巣を落としたので回収した物だった。

「リックさん、マテウスさん、これ混ぜといて」

驚いているリック料理長、マテウス副料理長に、莉奈は笑いながら、バターとハチミツの入ったボウルを泡立て器と一緒に押し付けた。苺《いちご》を用意しなければいけないからね。

「どこまでかき混ぜればいいんだ？」

とリック料理長。ただ混ぜるだけなのか、それとも空気を入れて良く混ぜるのか。

「クリーム状になるまで」

莉奈は簡単に説明した。「「分かった」」と頷《うなず》くリック料理長とマテウス副料理長にそれを任せて、莉奈はブラックベリーを切る事にする。

苺バターだから、苺を入れない事には始まらない。

「ブラックベリーをどうするの？」

ラナ女官長が横から覗《のぞ》いてきた。慣れてはきたけど、本当に皆はやる事なす事が気になるんだなと思う。

「みじん切りにする」

大雑把なみじん切りでも問題はない。ぶつ切りでない限りは平気だ。たぶん皆も食べるだろうから、多めに作る予定。

支給品の砂糖ではなく自分のハチミツだから、多めに作れる。本当ならハチミツではなく練乳を入れたいところ。その方がガッツリ甘くてクリーミーなんだよね。

メープルシロップにすれば、また違った香りがする苺バターになる。好みの問題かな。

それも面倒なら苺ジャムで作れば簡単だ。新鮮な苺で作った方が断然美味《おい》しいけど。

「こんな感じでどうかな？」

リック料理長が混ぜたバターを見せた。白っぽくクリーム状になっている。

「いい感じ……で、ブラックベリーと混ぜる」

莉奈は泡立て器を受け取り、それに付いたバターも勿体《もったい》ないのでヘラで落とす。そして、たった今切ったブラックベリーを混ぜてもらった。

「へぇ～ブラックベリーとバターを混ぜるだけか」

マテウス副料理長が感心した様に頷き、同じ様にブラックベリーを入れてざっくり混ぜ始めた。

こんなに簡単だとは思わなかった様だった。

「簡単でしょ？」

「「ああ」」

話しながらも出来上がった苺バターを、小瓶に次々と入れていく。このまま出来立てを食べてもいいけど、一度冷やしてからの方が味が締まる気がするので、冷やす事にする。

皆がすぐに食べたそうな顔をしているから、シュゼル皇子の作ってくれた冷凍庫に入れておけばいいだろう。ガーリックバターを作っている間に冷えるはずだ。

「ボウルに残ったのは⁉」

誰かが嬉々《きき》として声を上げた。莉奈は小さく笑っていた。

だって、絶対に誰かが言うと思ったし。

「食べてもいいけど、少し冷やした方が美味しいと思うよ？」

「「「分かった‼」」」

ん？　分かった……って言った人数が多いけど、大丈夫なのかな？

ボウルにそんなには、へばりついてないと思うけど……。

……うっわ～。モニカが率先してパンを用意し始めたし……。

モニカさ～～ん？


「うっまっ！」

「苺バター甘っ！」

「美味《おい》し～～い。たっぷりつけたいわね」

先程手渡したボウルに残っていた苺バターを、モニカを含めて数人で取り囲み、味見をしていた。出来るのを皆で待つという選択肢がないらしい。

「「「…………」」」

真面目《まじめ》に作り方を訊《き》いていた者は、怒りを通り越してドン引きであった。冷やして食べた方がと言ったから、魔法を使える料理人に頼んで冷やした後に、早速削《そ》ぎ落としながら焼いたパンに塗って食べているみたいである。

「えっと……皆の分はあるんだし……冷えたら皆でゆっくり食べよう？」

リック料理長達の顔が険しくなってきたので、莉奈はさっさと作業を終わらせて食べようと提案した。

どのみちボウルに残っていた苺バターの量なんて、たかが知れている。たっぷり乗せて食べた方が美味しいのだ。

「……そうだな」

ボソリと誰かが呟けばやっと、次の工程に集中し始めたのであった。

「次は〝ガーリックバター〟を作るんだけど、バターはさっきと同じ様に常温で柔らかくしておいて？」

「はいよ」

莉奈が言えば近くにいた料理人が、率先してテキパキと準備する。ガーリックバターも混ぜて作るから、バターが固いと混ぜにくい。

「その間に……」

「パンを焼けばいいんだな⁉」

莉奈が説明を終えるまでに、食い意地の張った誰かが挙手をした。

「違――うっ！」

なんでだよ。早いよ。最後まで説明聞けよ！

ただのバタートースト食わすぞ⁉

「ガーリックバターを作るんだから、ニンニクを切る」

莉奈は呆《あき》れながら説明を続けた。

この世界もガーリックと言う国や地方、ニンニクと言う国や地方があるらしい。他の名称で呼ぶ所もあるとか。

元の世界と一緒で色々な言語があるのだろう。オニオンスープを作った時に、玉ねぎスープじゃないの？　ってツッコミが入らなかったのもそのためみたいだ。

「ニンニクを切るって、輪切り？」

リック料理長が、ニンニクの準備をしながら訊いてきた。

「みじん切り半分、すりおろし半分かな。後は、乾燥バジルと乾燥パセリを用意して」

莉奈が言えば棚から乾燥バジル・パセリを取り出してくれた。勿論《もちろん》出来たバターを入れる小瓶もだ。

一言で色々察して用意してくれる。真っ先に味見をした連中に、爪の垢《あか》でも飲ませたい。

……実際、爪の垢なんて入れたら、ドン引きだけど。

「バターがクリーム状になったら、みじん切りとすりおろしたニンニクを混ぜる、良く混ざったら乾燥バジルとパセリを混ぜて出来上がり」

苺バターより少し工程が多いけど、基本混ぜるだけだ。ラップでもあれば棒状に包んで冷やし固まらせ、輪切りにすれば使いやすい。

パンだけでなく、パスタに混ぜても美味しい……けど、パスタがない。小麦粉から作れない事もないけど、今からパスタを作るのは面倒くさい。

「パンだ‼　パンを用意しよう」

出来上がりなんて言ったものだから、今すぐに食べる気の様だ。誰《だれ》とはいわず、バタバタとパンを用意し始めた。

行動が早過ぎて、莉奈はもう苦笑しか出なかった。

「茹《ゆ》でたじゃがいもに乗せても美味しいよ？」

ホクホクのじゃがいもにガーリックバターは最高だと思う。莉奈が新たな提案をすれば、料理人達は慌ただしくじゃがいもを茹でる準備に取り掛かっていた。

「「「じゃがいもを茹でるぞ‼」」」

「「「オ――――ッ‼」」」

天井に向けて拳《こぶし》を突き上げ、何だか知らないが、厨房《ちゆうぼう》にいる皆が一丸となった瞬間であった。


ガーリックバターと苺バターが完成すると、焼き上がったパンと茹で上《あ》がったじゃがいもを、皆で取り囲みそれぞれ好きな方を選んでいた。

ちなみに、莉奈はバゲットのパンの端が好きだ。食パンではないから耳とはいわないけど、端っこが香ばしくて好きだった。だから、端っこだけを頂く事にする。

「リナ……なんで端っこばかり取ってるんだ？」

マテウス副料理長が、莉奈の取り皿を見て眉《まゆ》をひそめた。バゲットの端が２・３個のってるが、それ以外がのっていないからだ。

「なんでって端っこが好きだから？」

逆に中のふわふわの部分が好きで、耳を残す人もいるが、莉奈が好きなのはパンの耳だ。

マテウス副料理長は莉奈が料理を作るきっかけになった、石の様な例のパンを棚から一つ出した。

「珍しいな。このパンも端っこが好きだったのか？」

マテウス副料理長は驚きを隠せなかった。

中の柔らかい部分をほじって食べる人は見た事はあるが、固い端をわざわざ選んで食べる人は初めてだったのだ。まぁ、元々が固いパンだから、そうせざるを得なかったともいうが。

「それは、石」

莉奈はそれを見つつ、パクリと柔らかいパンを口にした。

バゲットもどきのパンも放って置けば固くはなるが、そのパンは別次元の固さだ。歯が欠ける。

「ぷっ……確かに……石……だな」

マテウス副料理長はアハハと笑いながらパンを棚に戻した。今となっては確かに固くて食べられた物ではなかった。

ただ、スープに浸けると適度に柔らかくなって、カリカリとした食感が好きな人もいる。だから、まだ作って置いてあるのだ。

賽《さい》の目《め》に切って、莉奈が〝クルトン〟と言ってスープに乗せて食べた事から、好む人が増えたのだ。

◇◇◇

「はぁ……苺バター……甘くて美味《おい》しいわね」

苺《いちご》バターの乗ったパンに、ラナ女官長がカブリつくと頬《ほお》を緩ませた。新鮮なブラックベリーの香りが鼻を抜ける。その後に甘さと酸味が続いて、絶妙なハーモニーを奏で出すのだ。

ジャムとは全く違って美味しいのである。

「ククベリーで作っても美味しいかも」

莉奈は苺バターをタップリのせて、パンにガブリとカブリついた。やった事はないけど、同じ様な酸味を持つ果実なら、きっと美味しいに違いない。

「ガーリックバターうんまっ‼」

男性達は一様にガーリックバターを乗せて、パンにカブリついていた。ニンニクの香りがまた食欲をそそるのだ。

もれなくニンニク臭くなるけどね。今日、明日くらい皆はニンニク臭いだろう。

皆で食べてしまえば、臭さも気にならないかもしれない。

莉奈はぱくりと最後の一欠片を頬張《ほおば》ると、何気なく厨房から食堂に繋《つな》がる小窓を見た。

「…………っ⁉」

人の顔が見えた様に感じた莉奈は、バッともう一度小窓を見る。

たまに、警備兵……衛兵達が休憩しにここに来て、覗《のぞ》いている事がある。一瞬そういう人達かな……と思ったのだが違った。

「お……お疲れ様です」

妙に緊張するのは何故《なぜ》だろう。氷の執事様イベールが静かに佇《たたず》んでいた。

すみません……音もなく立っていないでくれます？

「陛下や殿下にお出しするのが、先ではありませんか？」

絶対零度の声が厨房に響いた。

「「「うぐっ」」」

リック料理長達の時が止まった。予期せぬ執事イベールの登場に、ゲホゲホと噎《む》せかえっている人もいた。

「味見ですよ〝味・見〟」

モグモグと食べ終えた莉奈は、凍りついた空気をモノともせずニコリと微笑《ほほえ》み返していた。

さすが、リナ‼

リック料理長達は、莉奈の咄嗟《とっさ》の返しに尊敬の眼差《まなざ》しさえ向けていた。自分達だったら、真っ先に平謝りだ。

「…………」

それを信じる訳もなく、イベールの凍《い》てつく視線が莉奈だけでなく、皆に突き刺さっていた。

「苺バターとガーリックバターです。毒見も兼ねてイベールさんもお召し上がり下さい」

だが莉奈には、そんな視線など効かないらしい。

さくさくと味見の準備をすると、苺バターとガーリックバターを塗ったパンを小窓から差し出した。

勿論、食べやすい様に一口サイズにしてある。

「…………」

何か言いたそうに一瞬だけピクリと眉を動かすと、何故か横を向いた。

「それが、苺バターとガーリックバターですか？」

執事イベールの横からひょいと、シュゼル皇子が顔を出した。殿下が来たのに気付いて、イベールは横を向いた様だった。

「……っ！」

これには莉奈だけでなく、リック料理長達も驚く。

莉奈が料理を作る様になり、シュゼル皇子が厨房や食堂に来る事もしばしばあるのだが、こうやってひょっこり現れるとやはりドキッとするのだ。

「えっと……こちらでお召し上がりになりますか？」

莉奈は予想する。大人しく自分の執務室で待っていられなかったのだろう。

「ありがとうございます」

シュゼル皇子がぱぁっと、笑顔と言う花を咲かせた。

……眩《まぶ》し～～っい‼

「俺にもくれ‼」

シュゼル皇子の脇《わき》にいたエギエディルス皇子も、主張する様に元気良く片手を挙げ、ぴょこぴょことジャンプしていた。

……可愛《かわい》過ぎる‼　その気はないのだろうけど、あざと過ぎるんですけど？

それはともかくとして、彼がここにいる……という事は、魔法省長官のタールに、あの芋虫を渡して来たのだろう。

「用意して持って行くから、そっちで座って待ってて……イベールさんもご一緒にお待ち下さい」

二人の皇子とイベールに、莉奈は笑いつつ食堂のテーブルで待つように促した。

「この味見用、食っていいか？」

とイベール用に出した、二種類のバターがのったパンを指差した。どうやら待てないらしい。

「いいよ」

苦笑いしつつイベールをチラリと見たら、エギエディルス皇子に差し出そうとした素振りが見て取れたので頷《うなず》いた。

イベールのは味見とは別に、用意するから良いだろう。

「やった……って、シュゼ兄!!」

喜ぶのも束《つか》の間《ま》、エギエディルス皇子の脇から兄が、優雅にダンスでもするかの如く素早く一つ掠《かす》め取っていた。

「二つあるのですから、もちろん一つずつですよね？」

満面の笑みだが、その手にはしっかり苺バターのパンが……。

「はぁ～～⁉」

何の了承もなく、奪い取られた形の弟は納得のいかない声を上げていた。一つあげる事に異論はないが、先に取られると何故か釈然としない。

しかも、兄はちゃっかりと、自分の食べたい甘い方の苺バターを手に取っていた。

「はぁぁぁ～～っ？」

なんだか納得のいかないエギエディルス皇子は、もう一度不満の声を上げたのであった。


「ん～っ！　甘くて美味しいですね～」

弟から掠め捕った苺バターのパンを、シュゼル皇子が嬉《うれ》しそうにぱくりと食べていた。

コクのあるバターの味に、ハチミツの甘さと苺の酸味がほどよくマッチしていて、とても美味しいのだ。

「ガーリックバター旨《うま》っ！」

仕方なくガーリックバターの方を食べたエギエディルス皇子は、ガツンとくるニンニクの香りと味に、食欲をさらに促進させられていた。

「……」

そんな二人を微動だにせず、無表情で見ているイベール。

そして、その三人を小窓からチラリと見た莉奈は、小さく笑いつつ作業を進めていた。

「なぁなぁ！　リナそれ！」

莉奈が皇子達の分を用意し始めると、横から興奮した様な声が上がった。

「え？　何？」

莉奈はキョトンとした。皇子のを作るにあたって不満でもあるのか？　と。

「すげぇ、豪華なんだけど⁉」

皇子達にも、ただ焼いたパンにガーリックバターを塗って提供するものだと思っていた料理人達は、莉奈の作業に釘付《くぎづ》けだった。

茹《ゆ》でたじゃがいもを皿に盛り、その上に炒《いた》めたベーコンと玉ねぎ、ガーリックバターを乗せる。

そして仕上げに、チーズをたっぷりと乗せオーブンに入れたのだ。

莉奈のさらなる手が加わり、自分達の食べたただのパンやじゃがいもとは全く違って、豪華で贅《ぜい》沢《たく》な料理に変身していた。

「皇子様のだからね？」

莉奈の作る料理に誰かが何かを言えば、王族だから当たり前だと返してあげた。

提供する相手は皇子二人と、賄賂《わいろ》をあげておいた方がいい氷の執事様だ。必然と料理も豪華になるって話だ。

「えっと……食べたいの？」

あまりにも自分の作業を、ジッと見るものだから莉奈は訊《き》いた。

ベーコン以外は特別な材料は使ってないから、誰《だれ》にでも作れるハズなのだが、どうしても作って貰《もら》いたいらしい。

「「「食べた――っい‼」」」

皆は嬉しそうに挙手をした。

「……っていうか、さらに人が増えたね。この厨房《ちゆうぼう》」

挙手をした人達を見て莉奈は驚いた。ベーコン入りのを、何人かには作ってあげようと辺りを見渡して見たものの、また知らない顔が増えたな……と思ったのだ。

「以前より料理の質が上がったからね。人手が必要になったんだよ」

リック料理長は楽しそうに笑った。

〝質が上がった〟なんて言い方しているが、要はそれに伴って手間が増えたのだから大変に違いない。それで、今までの人数で廻《まわ》せなくなってきたのだろう。

「ふぅ～～ん？」

莉奈は正直複雑であった。ご飯が美味《おい》しくなったのはイイけど、リック料理長達の仕事を増やしてしまった様な気がして、なんか恐縮してしまう。

「リナのおかげで毎日が楽しいんだから、そういう表情《かお》をすんなよ」

マテウス副料理長が、莉奈の頭をポンポンと優しく叩《たた》いた。

どうやら、表情に出ていたらしい。

「でも、面倒くさくない？」

美味しいご飯は食べるのは良いが、作るのはクソが付くほど面倒である。作る莉奈だからこそ良く分かる。

「それが私達の仕事だから」

リック料理長が晴れやかに笑っていた。

以前に比べ遥《はる》かに毎日大変ではあるが、美味しい美味しいと食べてくれる人達を見るのは格別だったのだ。

「そっか……そうだよね？　よし‼　面倒な事はすべてリックさん達に任せればいいんだ‼」

そうなのだ。忘れていたが、莉奈はここで作ってはいるが仕事でやっているわけではない。

リック料理長達に面倒事はすべて任せればイイんだ……と莉奈はパンと手を大きく叩くと力強く頷いた。

「「「いやいやいや⁉　なんか違うからね⁉　お手柔らかに頼みますよ？」」」

何をやらせるつもりなんだと、リック料理長達は、手や顔を大きく振るのであった。


「良し……出来た」

オーブンから取り出すと、上に乗ったチーズはこんがりと焼けていて、ふわりと良い香りが充満する。ガーリックバターの良い香りだ。食欲がそそられる。

――ゴクッ。

匂《にお》いに負けた人の、生唾《なまつば》を飲む音がする。

「これ、一口ずつなら皆で食べられるんじゃない？」

とりあえず皆の分として十皿分作ってみた。今は食事の時間帯ではないから、食堂にはあまり人がいない。皆で分ければ少しずつは口に出来るハズ。

独り占めしようとするから争いが起きる訳で。

なんならベーコン抜きなら、全員分は作れるのだから分ければいい。

「足りない」

「減る」

「ガッツリ食いたい」

あ〜そういう感じ。要は譲る気はない——と。マジでどうかしてるよキミタチ。

莉奈は呆《あき》れかえっていた。

「ジャンケンだな」

誰かが呟《つぶや》いた。足りなければジャンケンをすればいい……と結論付けた様だ。ジャンケンで済むなら、平和といえば平和だ。

——というか、ちょっとした娯楽《ジャンケン》のご褒美感覚で楽しんでいるのかもしれない。

「〝ジャンケン〟とは何ですか？」

小窓からシュゼル皇子が顔をひょっこりと出していた。

出来たなんて呟いたものだから、待ちきれずに見に来ていたらしい。

「え？」

「ジャンケンとは？」

「え……あっと、ジャンケンというのは——」

突然顔を出すのは心臓に悪いので止めて頂きたいな……と苦笑いしつつ、莉奈はジャンケンについて簡単に説明した。

「なるほど……面白そうですね？」

元々ジャンケン文化のない国なので、運だけで解決する方法は面白いと感じた様だ。隣で聞いていた弟も、なんだか楽しそうである。

「これで、ジャンケンは分かりましたよね？」

と確認しつつ、莉奈は面白い事を思い付いた。

「ええ、分かりました」

莉奈が何かを思い付いた事など知らないシュゼル皇子はニコリと微笑《ほほえ》んだ。

「では本日の特別《スペシャル》ゲスト、殿下お二人、それとイベールさんも参加して頂きジャンケン大会を開きたいと思います‼」

莉奈は手を高々と掲げ、満面の笑みで提案した。

本心かはさておき……王族だから、身分が高いからという理由で貰える人がいることに、下々の人達が不服を申し立てる訳だ。

なら一度くらい、下っ端に交じって、同じ土俵に乗ってもらえばイイ。…………面白そうだし。

「「「え……ええ――――っ⁉」」」

料理人達は、莉奈の提案に驚愕《きょうがく》し叫びを上げた。畏《おそ》れ多《おお》くて顔が強張っている。

「お……おい……リナ」

リック料理長が青ざめながら、莉奈の肩を叩いた。

莉奈の提案が恐ろしすぎるのだ。いくらなんでも宰相様達をジャンケンに参加させ、間違って勝ってしまったら怖すぎる。どうしたらいいのか分からない。

「でも、三皿分増えるから……確率が上がるよ？」

ここに何人いるかは知らないが、6分の1から4分の1くらいの確率にはなりそうだ。

「「…………」」

確率が上がる……という魅惑的な言葉を受け、皆はゴクリと言葉を飲み込み押し黙った。

王族とジャンケンで決める＝恐ろしい＝だが取り分が増える。

畏れ多いが取り分が増える。

頭の中はそんな方程式が、グルグルと回っているのかもしれない。

「リ……リナが……そういうのなら……」

「……ねぇ？」

「ま……まぁ……庶民に交じって参加するのも……」

「一度くらいは……リナが言ってるし」

誰かがボソリと言えば、提案したのは自分達ではないとアピールをしながらも、皆が莉奈やシュゼル皇子達をチラチラ見つつ追随する。

万が一何かを言われたとしても「莉奈が提案したから」とでも言って、逃げるつもりでいるに違いない。

「確かに面白そうですねぇ。ジャンケンで決めるのは」

不敬過ぎる莉奈の提案も、何だか楽しいのか、シュゼル皇子はほのほのと言った。

相手と褒美があってこそのジャンケンだと、さっきの説明で理解した様である。

もしかすると……これが甘味だとしたら、そうは言わなかったのかもしれない。だが甘味ではないので、そこまで執着はしないのだろう。

「え―――っ」

それにブーイングを上げたのは、弟のエギエディルス皇子だ。

面白い面白くないではなく、自分は美味《おい》しい方を確実に食べたいのだ。莉奈の余計な提案にも不服だが、兄が了承してしまった……不本意でしかない。

「ジャンケンに勝てばイイんだよ。エド」

莉奈はバシンと、エギエディルス皇子の肩を叩いた。この人数なら多くても二回くらい勝てば多分食べられるハズ。

「痛えっ！　簡単に言うなよ」

眉間《みけん》にシワを寄せて、ものスゴく渋い顔をしている。

ジャンケンに勝てる気がしないのかもしれない。

――気持ちで負けたら終わりだよエド。

莉奈はお爺《じい》ちゃんの様に顔にシワを寄せているエギエディルス皇子に、笑うのであった。

ブーブー文句を言いつつも、結局エギエディルス皇子も参加する事にした。二人の皇子が参加すれば、否とは言えないのでイベールも参加する様だ。

莉奈の突飛な思い付きで皇子二人と執事を含んだ、ジャンケン大会を行う事となったのである。

「では、ジャンケン大会上位十三名に、ベーコン入りじゃがバターチーズを……さらに優勝者には……」

莉奈はさらに、皆の士気を上げようと声を張り上げた。

「「「優勝者には⁉」」」

〝優勝者には〟と耳にし、皆の表情がキラキラしたものに変わった。

皇子達が参加するのには、困惑気味だった。だが、優勝者に特別なご褒美があると聞けば、そんな不安も一気に吹き飛んでしまう。

「ブラックベリーを使ったアイスクリームを贈呈致します‼」

――キュピーーーン。

莉奈がアイス……と口にした途端、背後からボオッと熱気が上がった気がした。その瞬間を見てしまった一同は、一度上がったテンションが一気に下がり、背筋がゾッと凍り付いた。

「……？」

莉奈は何故《なぜ》、皆が凍り付いているのか分からず、視線の先に顔をゆっくりと向けた。

――あっ。

視線の先には、獲物にロックオンでもした様な眼《め》をした、我が国随一の賢者様であり最強と名高い宰相様がいた。

アイスクリーム……は余計だったかも。

「ブラックベリーのアイスクリームですか……負ける訳にはいきませんね？」

フフフ……と微笑んだシュゼル皇子。

微笑んでいるハズなのに目が笑っていない。殺意にも似た、燃え盛る闘志みたいなモノを感じるのは、気のせいではないだろう。

「……え……っと……シュゼル殿下は、アイスクリームを作る手伝いをして頂きたいので……優勝してもしなくてもアイスクリームは献上させて頂きますが……？」

莉奈は脂汗を掻《か》きながら、恐る恐る言った。

皆には悪いけど……目が半端なく怖いので、シュゼル皇子には手伝いという口実を作って、アイスクリームは口にして頂く事にする。

でなければ……優勝者の今後が心配だ。

「……でも……いいのでしょうか？」

莉奈にそう言われたシュゼル皇子は、皆をクルリと見回しお伺いを立てる。

優勝してもいないのに口にしても良いのか、確認をしておかなければゆっくりと味わえない。

――コクコクコクコクコクコクコクコク。

ほぼ全員……壊れた人形の様に、無心で首を縦に振っていた。

「………」

莉奈は顔がひきつっていた。有無を言わせないって、こういう事だと思う。

笑顔は皆を幸せにする……って言ったのドコのどいつだよ⁉

「では申し訳ないですが、お手伝いの手間賃としてアイスクリームは頂きますね？」

シュゼル皇子が申し訳なさそうに言えば、皆はさらに壊れた人形の様に頷《うなず》いていた。

「え――っ。俺も手伝うからナンかくれ」

それには、皆ではなく弟が不服を申し立てる。

兄ばかり、えこひいきだと言いたい様だ。

「ナンかって……タンスでもいいの？」

「何でだよ‼」

口を尖《とが》らせてみせるエギエディルス皇子が可愛《かわい》くて、冗談を言ったら、さらに頬《ほお》を膨らませて怒っていた。

莉奈はクスクスと笑った。アイスクリームが欲しいのに、自分だけタンスじゃそりゃ怒るよね。

「……」

その間中、執事イベールの冷たい視線が莉奈を串刺《くしざ》しにしていた。

すでに半分は諦《あきら》めているのだろうが、言動が気にならない訳ではないのだ。

「では、アイスクリームの準備を致しますので、少々お待ち下さい」

イベールの視線を横目に、莉奈はブラックベリーのアイスクリームを作るべく、準備に向かうのであった。


ブラックベリーこと苺《いちご》のアイスクリームは、ミルクアイスに混ぜるだけでも出来るが……せっかくなので違う方法で作る事にした。

ミルクアイスを作った時の様に材料には卵は使わず、代わりに牛乳プラス生クリームを入れて濃厚な物にしようと思う。その方がブラックベリーの酸味が引き立って美味しいハズ。

本音を言えば、フリーズドライにした苺を入れて作りたいのだけど、無理なので諦める。まぁ……シュゼル皇子に頼めば、魔法でどうにかしてくれそうな気がしなくもないが、説明が面倒くさい。

「あれ？　シュゼル殿下は？」

莉奈は準備をして戻ると、キョロキョロと辺りを見渡した。

材料を用意して、後は混ぜながら冷やし固めれば出来る……と食堂に戻ったのだが、シュゼル皇子の姿が何故か見えなかったのだ。

アイスクリームを放っぽって、あの御方が何処かへ行くなどありえない。なのに見渡しても、何故か見当たらないのだ。

「フェル兄……呼びに行った」

エギエディルス皇子は、顔をひきつらせながら青ざめていた。

「……え？　なんで？」

王を呼びに行く意味が分からない。あの御方、甘い物なんて食べないのに。

「お前が……アイスクリームとか言うから」

「へ？」

どうして……アイスクリームと言うとフェリクス王が出て来るのかな？　莉奈はハテ？　と首を傾《かし》げた。

「豪腕な人物が必要だと……判断したのでは？」

莉奈の疑問に、執事イベールが無表情に言った。

答えてくれた彼が、何故か隅に移動している気がするのだが。

「…………え」

莉奈は驚愕したまま固まった。

確かに前回作った時は、豪腕な人が必要と言ったが……。今回は大きな寸胴で作るつもりはない。

だから、莉奈が自分で混ぜようと考えていたのだ。

だけれども……そんな事はシュゼル皇子には言わないと通じなかったのか、アイスクリーム＝フエリクス王という方程式が発動した様だった。

……マジか。

どんな理由で連れて来るのか知らないけど……事情を知ったら絶対に、この国を揺るがす怒りが何処かに落ちるに決まっている。

……え？　落下地点ココですか？

周りの皆は莉奈達の話し声が聞こえたのか、絶対に不機嫌丸出しの王が来るだろうと想像し、恐怖に襲われ始めた。

リック料理長達は一気に顔面蒼白《そうはく》になり、厨房《ちゆうぼう》であたふたしたり、オロオロした後……隅っこの方に頭を抱えてしゃがんで避難していた。

他の部屋に逃げ出せない、悲しき料理人達である。食堂に僅《わず》かにいた警備の兵達は、一目散にいなくなったけど……。

……に……逃げたい。

莉奈は、アイスクリームの材料を入れた小さい寸胴を持ちながら、あっちにこっちにウロウロした後テーブルの下に避難していた。

――ガガーッ。

「この俺を呼んでおきながら、隠れるとはどういう了見だ」

隠れたところですぐに見つかり、長い長いおみ足でテーブルが引かれた。

声から察するに……超不機嫌の様である。

あのク・ソ・皇・子‼　……また、私が呼んでいるって言ったな。

「………」

寸胴を持ったまま、莉奈はフェリクス王を上目遣いでチラリと見てみた。

……笑っていなくもない気もする。

そう思いたい自分の心が、そう思わせただけかもしれないけど。

「お忙しいところ、大変申し訳ありません」

寸胴を持ったままで失礼極まりないが、莉奈は両膝《りょうひざ》を突きながら深々と先ずは謝罪した。

そして、鋭い目付きで続きを促すフェリクス王を確認し、莉奈は続けて口を開いた。

「私がお呼びした訳ではなく……アイスクリームを作ると耳にした弟シュウベルト殿下が、一存でお連れした次第であります」

自分の正当性はアピールしておかねばならぬと、莉奈はフェリクス王の睨《にら》みに脂汗を掻きつつ正直に話した。

シュゼル皇子はどうして、またフェリクス王を呼ぶかな？

シュゼル皇子にアイスクリームはダメな組み合わせだ。皇子をダメにする食べ物らしい。あれだけ王は呼ぶなと言ったハズなのに、喉元過《のどもとす》ぎればば〜って感じなのだろうか。

一方のリック料理長達は、ますます顔が白くなりガクガクと震えて小さくなっていた。こんな状況なのに莉奈がシレッと言っていたからである。


——ゴッッツン!!


莉奈が言うや否や、ものスゴく鈍い音がした。

「「「……っ!?」」」

莉奈の頭にもとうとう、鉄拳《てっけん》が落ちた……とリック料理長達は思いブクブクと口から泡を吹いていた。

「「「…………」」」

頼む、せめて生きていてくれ!!　と皆の祈りが届いたのか、莉奈の頭は無事だった。

「…………」

その代わりにシュゼル皇子の形の良い頭に鉄拳が落ちていた。

あまりの激痛に星でも見えたのか、シュゼル皇子が頭を抱えクラクラしながら床にしゃがみこんでいた。まさに悶絶《もんぜつ》である。

いつもの通り、平手で済むと思っていたのなら、不意打ち過ぎて相当なダメージに違いない。

膝《ひざ》を突いていた莉奈からは、彼が若干涙目になっているのが見えた。相当痛い様である。

目の前で見てしまった莉奈は、その瞬間ゾワリとし身体《からだ》に良くない汗がダラダラと流れていた。

「くだらねぇ事で呼びやがって」

フェリクス王は心底イラつき、舌打ちをしていた。

薄々オカシイとは感じつつも一応来てみた……が、やはり下らない理由だったと、シュゼル皇子に鉄拳を喰《く》らわした様である。シュゼル皇子は鉄槌《てっつい》を下されなかっただけ、いいのかもしれない。

「……」

シュゼル皇子はあまりの痛さに、まだ悶絶していた。

……こういう時こそ、ポーションじゃないのかな？

元ポーションドリンカーのシュゼル皇子を、なんとも言えない表情で莉奈は見ていた。

執事イベール、エギエディルス皇子は隅に避難していて、この災害が去るのを静観して待っている様だ……。

……え？　真《ま》っ只中《ただなか》にいる私はどうすればイイのかな？

「えっと……。せっかくいらしたのですから、ガーリックバターをご試食していかれませんか？」

来たくて来た訳ではないのだろうが、手ぶらでは心が痛むので、提案をしてみる事にした。

とりあえず、寸胴を魔法鞄《マジックバッグ》に慌ててしまい、フェリクス王を近くのテーブルに笑顔で促した莉奈。

「あぁ？」

そう目を眇《すがめ》るフェリクス王は、マジで怖い。

「よろしければ……カクテルもお付け致しますよ？」

心の中でモミ手をしつつ、王の興味のあるオマケも付けてみる。これでダメなら、弟皇子達に任せるしかない。

「チッ」

フェリクス王は盛大に舌打ちをすると、テーブルに足をぶん投げ着席した。

うん？　とりあえず持ってこいって事でいいのかな？

「では、少々お待ち下さい」

莉奈は立ち上がると、腰を90度に曲げ深々と頭を下げた。

お口に合わなかったらヤバイかもしれない。若干冷や汗を掻《か》きながら厨房に早足で向かった。

◇◇◇

じゃがいものベーコンチーズは、王の分はそもそも作ってあるから良しとして……後はパンにガーリックバターを塗った簡単な物も作ろう。

……とリック料理長に頼もうとしたら、全力で拒否された。

焼いたパンにバターを塗るだけの作業なのに、まさかの拒否。あまりの怯《おび》えっぷりに莉奈は苦笑いしか出ない。

仕方がないので、パンは自分でさくさく作って魔法鞄《マジックバッグ》にしまっておく。

「さて」

苦し紛れでカクテルなんて言ったものの、まだ何を作るか決めてない。莉奈はとりあえず酒倉に行く事にした。

「何作るんだ?」

エギエディルス皇子は兄から避難して来たのか、莉奈の後ろをちょこちょこと付いて回っていた。

「陛下用にカクテル……なんだけど、何にしようかね～」

ノープランで言ったものだから、何も思い付かない。

以前と同じものじゃ肩透かしだろうし、何か違うカクテルがいい。

基本的に、ジュースと割る事の多いカクテルの中で、ジュースを使わないレシピを探すのも一苦労だ。

それに、甘すぎてフェリクス王の口には合わない物もあるだろうし。

【アマレット】

原材料に杏仁《きょうにん》を使った、ガルシア地方で造られた酒。

〈用途〉

杏子《あんず》の種を使っているため、アーモンドの風味を持つのが特長。

〈その他〉

飲料水。


「アマレットか」

【鑑定】で視つつグルリと見てみたら、この間はなかった〝アマレット〟というお酒があった。

このお酒、お母さんが飲んでた事のあるアーモンド風味のリキュールだ。

さらにその隣には、ウォッカ等以前なかったお酒が色々と置いてある。

莉奈が以前カクテルを作ってから、皆も真似《まね》して混ぜて飲んでいるらしく、ここに置かれるお酒の種類も増えた様だった。

ちなみに、この間酒倉に来た時に気づいたけど……魔力の調整をすれば視たい情報だけ視られるみたいだ。

【アマレット】

原材料に杏仁を使ったガルシア産の酒。


こんな風に、用途やその他は省けたりする。

それを知ってから、イチイチ細かく鑑定しなくて済む物については、簡潔な鑑定にしたので目は疲れないし頭も痛くならなくなった。


【棚】

マナ杉を使って作った棚。


ワインとか酒を並べた棚も、簡単に視られて便利。スーパーとかで買い物行った時、ラベルをチラリと見る感覚で済むから楽なのだ。情報量が多いと大変だからね。

「ちょっと甘口だけど、これを使おっかな」

辛口のお酒も勿論《もちろん》作るけど、とりあえず今思い付いたカクテルはそんな物しかなかった。

〝アマレット〟と〝ウォッカ〟〝ドライ・ベルモット〟そして〝ウイスキー〟の四種類を持ち出す事にした。

「エドはブラックベリーのミルクジュース飲む？」

「飲む‼」

エギエディルス皇子は、パッと花を咲かせた。可愛《かわい》すぎて思わず彼の頭を撫《な》でていた。

振り払われるかな……と思ったが、大丈夫だった。最近は少しくらいなら撫でても良いと、お許しが出ているみたいだった。

気まぐれなネコみたいで、可愛すぎる。これがツンデレってやつですか、と一人大きく頷《うなず》いていた。


ブラックベリーのミルクジュースは、さっき白竜宮でエギエディルス皇子のために作ったククベリーの苺《いちご》バージョン。ククベリーをブラックベリーに変えただけ。

カクテルは、ものスゴく簡単な物にした。フェリクス王をあまり待たせてはいけないし……面倒くさいし。

「なんていうカクテル作るんだ？」

酒呑《さけの》みには気になるのか、リック料理長達が少し復活し周りに集まり始めた。モニカにいたっては怖いくらい目がランランとしはじめた。

「さて、なんでしょう？」

莉奈は面白そうに笑った。

すぐに教えては面白くないから、まだ教えない。

さてと……グラスの中で混ぜてもいいけど、シュゼル皇子の分も作るから大きめなグラスを用意する。

「氷を用意しました」

すでに一回見ていた料理人達は、莉奈が次に何を必要としているのかを察し、魔法を使い素早くボールに小さい氷を用意してくれていた。

「ありがとう……ございます？」

至れり尽くせりにされると、なんか逆にやりづらい。

たぶんだけど下心ありますよね？　敬語だし。

「ベースは何？」

マテウス副料理長がワクワクした表情で訊《き》いてきた。

〝ベース〟って聞く辺りカクテルが身に付いてきた証拠だ。

「アマレットとウォッカかな？」

アマレットはアーモンド風味の甘口のお酒だけど、ものは試しに王にも出してみようと思う。

気に入らなければ、仕方がないよね？

莉奈は大きなグラスに、ハーリス産のウイスキーを入れ、アマレットを注ぐ。お酒も二種類しか使わないから簡単に出来る。

割合は？　って聞かれそうなので、分量は口に出して作る事にした。

「ウイスキーが3、アマレットが1の分量で混ぜれば出来上がり」

カランカランと細長いスプーンで混ぜ、まずはカクテルが一つ出来上がった。琥珀色《こはくいろ》でキレイなカクテルだ。

「グラスは何にしますか？」

どんなグラスに注ごうか考える間もなく、料理人が色んな種類のグラスを、ズラリとトレイに並べて差し出した。

何この……怖いくらいの対応。

若干引きながら、トレイに乗ったグラスを見てみると、円柱だったり、逆三角形だったり、高さや太さが違ったり様々な形のグラスが並んでいた。グラスもお皿も種類が増えた様だ。

「んじゃ、このオールド・ファッションド・グラスを貰《もら》おうかな」

ナゼか自分が作っている時だけは、大抵の料理人が敬語になる。そんな皆に苦笑いしつつ、莉奈は円柱形の良くあるグラスを選んだ。ブランデーとかロックで飲むグラスである。

そのグラスに少し大きめの氷を一つ入れて注げば完成。

「それ、なんていうカクテルなの？」

元気になったラナ女官長が、莉奈の肩を軽く突っついた。皆も目で教えてくれと訴えていた。

「ゴッドファーザー」

「「「ゴッド……ファーザー⁉」」」

大層なネーミングに皆は目を丸くしていた。簡単に出来るのに名称はものスゴく偉そうである。

生唾《なまつば》を飲み込みながらマジマジと見ている皆を横目に、莉奈はそれをさっさと魔法鞄《マジックバッグ》にしまうと、次のカクテルの作業に移る。

「次は……ウォッカ2、アマレット1で混ぜる」

これも二種類のお酒しか使わないから、簡単に出来る。

お酒を大きなグラスでカラカラと混ぜ、同じ形のグラスに注げば完成。色はさっきのゴッドファーザーより薄い色。黄色に近い茶で鼈甲《べっこう》色が近いかも。

「それは？」

今度は、目をキラキラさせたマテウス副料理長が訊いてきた。

新しいカクテルへの興味が勝り、もうフェリクス王への恐怖は払拭《ふっしょく》されたのかもしれない。

「ファーザーとくれば？」

と、莉奈が面白そうに聞けば
「「「マザー‼」」」

と実に楽しそうな返答が帰ってきた。

何が父で何が母なのか良く分からないが、面白いから覚えているカクテルがコレ。アマレットを使うからどちらも甘口のカクテルだ。

多分甘くてフェリクス王には不満が残るだろうから、辛口のカクテルも保険で作っておく。

莉奈がまた作業を始めたので、皆は胸を躍らせていた。新しいカクテルは見ていても楽しかったのだ。

晩酌のレパートリーが増えて嬉《うれ》しいのだろう。

「オリーブ用意しといて？」

莉奈は最後のカクテルを作るために用意をしておいて貰う。

「了解！」

実に良い返事だ。だけど、結局は後で誰《だれ》が何を飲むかでモメるに違いない。

「これはウォッカ1、ドライ・ベルモット5で作ります」

教える時って、ナゼか自分も敬語になりがちだから笑ってしまった。

お酒は飲めないからつまらないけど、作るのは面白い。科学の実験でもしているみたいで、カラカラ混ぜるのが好きだった。濃度の違うお酒やジュースが、ユラユラとゆっくり混ざる様子を見ているのが楽しいからである。

「グラスはどうしますか！」

「カクテルグラスがあるからソレにする」

料理人がトレイに乗せて見せてくれたグラスの中に、カクテルの定番で持ち手の細い逆三角形のグラスがあったのだ。

シュゼル皇子はこれに、ポーションを注いで良く飲んでいたらしい。

……ポーションすら優雅に飲むのかあの人。

カクテルピン代わりに、小さいフォークにオリーブを刺し先に入れておく。そこに出来たものを注いで最後のカクテルが完成した。

一番オシャレで可愛《かわい》らしい。オールド・ファッションド・グラスは渋めだけど、カクテルグラスは見た目もオシャレだ。

「スゴい……可愛い……」

モニカが目を輝かせていた。獲物をロックオンでもした様だった。

「この間のと違ってこれも、オシャレで可愛らしいわね」

ラナ女官長も頬《ほお》に手をあて、うっとりとしている。女性はやはりこういうグラスの方が好みらしい。

「そのカクテルの名前は？」

リック料理長が、そんな奥さんに苦笑いしながら訊いた。

「ウォッカ・マティーニ」

そう……これもマティーニの一種。マティーニはカクテルの〝王様〟というだけあって本当に種類が豊富。何々マティーニとか付いているのが、やたら多いカクテルなのである。

「へぇ～マティーニ」

リック料理長が顎《あご》を撫でながら、口端を緩めていた。

リック料理長は辛口のマティーニに興味がある様だった。

「じゃ、陛下に持ってってくけど……その間に残ったじゃがいものベーコンチーズ、早くジャンケンして決めといた方がイイんじゃない？　たぶん警備の兵とか来ちゃうよ？」

食堂にドカリと座った超不機嫌なフェリクス王がいるから、先程から来た警備・警護……いわゆる衛兵達がビックリして慌てて逃げて行くけど。王が去れば一斉に雪崩込んで来るに違いない。

今さら、皇子二人やイベールはジャンケンに参加させられないだろうし、早く決めないと警備兵のアンナ辺りが騒ぎだす。

「そうだった‼」

「リナ……後は任せた！」

「俺達はジャンケンをする！」

呆《あき》れるくらい潔く自分に丸投げするリック料理長達に、莉奈は笑いながらハイハイと頷いた。

そして、大分待たせてしまったフェリクス王の元に向かうのであった。

「大変お待たせ致しまして申し訳────」

「待たせた甲斐《かい》はあるんだろうな？」

長い足をテーブルから退けると、莉奈の言葉をぶった斬る。

ハードルが上がる様な言葉に、莉奈は顔が若干ひきつる。

私が呼んだ訳ではないのに……え？　何かな？　この仕打ち。――――おのれ……シュゼルめ。

「まずは、食前酒として……陛下にはゴッドファーザーとゴッドマザーを」

飲み物は右？　料理は左側から差し出すんだっけ？　マナーなどまったく詳しくない莉奈は内心首を傾《かし》げながらコトリと出した。

出す時にチラリと執事イベールを見たが、無表情なので多分大丈夫なハズ。ダメなら目が細くなる気がする。

「大層なネーミングですね？」

少しだけ復活したシュゼル皇子が、真向かいに座ってそのカクテルを見ていた。

さすがに鉄拳《てっけん》を喰《く》らった後だからか、この時間にお酒……と注意はしない様だ。

「由来は分かりませんけど、面白いですよね？　あっ、シュゼル殿下とエギエゴロス殿下にはブラックベリーのミルクジュースをどうぞ」

もはや自分の呼び名などどうでもいいエギエディルス皇子は、目の前に出てきたミルクジュースを見て目を輝かせていた。

「ミルクジュースですか？」

シュゼル皇子は、タンコブになっているだろう頭を擦りつつ、ほのほのと微笑《ほほえ》んだ。

「ククベリーのやつも旨《うま》かったんだぜ⁉」

そう嬉しそうに言った弟に対し「いつ飲んだのですか？」と追及の目が向けられた。あっ……と口を押さえたエギエディルス皇子は、助けを求める様に莉奈をチラリと見た。

人の事は言えないけど……キミも失言が多いよね？

「後で御出し致しますよ」

シュゼル皇子が分かってますよね？　って表情で微笑んでいる気がしたので、莉奈はこう言うしかなかった。

◇◇◇

「んっま〜い‼」

ブラックベリーのミルクジュースを飲んだエギエディルス皇子が嬉しそうに言った。どうやらお気に召したらしい。苺《いちご》の味が濃いから牛乳に全然負けなくて、さぞかし美味《おい》しいのだろう。

自分は後でゆっくり頂きますけど。

「ん……甘酸っぱくて美味しい」

シュゼル皇子がほんわかと、頬を緩ませた。

少し形の残ったブラックベリーが口に入るとまた、なんともいえない食感と旨味《うまみ》が口に広がるのだ。末弟はスプーンでそれを掬《すく》って食べている。

「悪くはねぇけど……甘ぇな」

フェリクス王が〝ゴッドファーザー〟と〝ゴッドマザー〟を飲み比べしながら眉《まゆ》をひそめて小さくボヤいていた。

アマレットは甘いリキュールだから、口に微《かす》かに入る甘さに少しだけ不満がある様だった。

「最後に、口直しで辛口のカクテルも御出し致しますよ」

莉奈はそんなボヤきに苦笑いしながら、魔法鞄《マジックバッグ》から熱々のじゃがいもベーコンチーズを出した。

途端にふわりと焼けたチーズの匂《にお》いと、食欲を誘うガーリックバターの良い香りが王達の鼻を擽った。

「すげぇ、旨そう」

前のめりで、ソレを見つめるエギエディルス皇子。

莉奈は笑いつつ、小皿も取り出し小分けにして皆の前に差し出した。

「ガーリックバターのパンと苺バターのパンもどうぞ」

ガーリックバターのパンも出せば、さらにニンニクの良い香りが広がる。苺バターにはシュゼル皇子の目が釘付《くぎづ》けになっていた。

王達には食事の時に自分で塗れる様に、後でバターを小瓶に入れた物は何個か渡しておく予定だ。

「リナ！　俺これ好き」

エギエディルス皇子がじゃがいもを口にして、嬉しい事を言ってくれた。

どうやらガーリックバターが気に入ったみたいである。

「苺バターは？」

「ミルクジュースと一緒に食べるとさらにウマイ」

「そっか良かった」

莉奈はほっこりと笑った。

じゃがいもベーコンチーズを食べたエギエディルス皇子は、右手には苺バターのパン、左手にはブラックベリーのミルクジュースを持っていた。

少し御行儀は悪いけど、美味しそうに楽しそうに食べる彼が可愛《かわい》くて仕方がない。

「苺バター……毎日食べたいですね」

シュゼル皇子も満足そうに、ほのほのしていた。苺バターの小瓶を置いといたら、たっぷりとパンに乗せて食べている。

こんもりと乗ったそれは、もはやパンではなく苺バターそのものを口にしているだけの様な気がするのだが……。

「ククベリーもありますから、ククベリーバターも作ってみますね？」

「楽しみにしていますね？」

実に眩《まぶ》しい微笑みを向けられてしまった。失敗は許されないのかもしれない。

フェリクス王三兄弟が思い思いに食べているのを見ていると、気付いたら執事イベールがすぐ近くにいたので、小分けにしたじゃがいもベーコンチーズをスッと渡しておいた。もちろん賄賂《わいろ》である。

イベールは無表情無言でソレを自分の魔法鞄《マジックバッグ》にしまっていた。後で別でバターの小瓶とカクテルも渡すと小声で言ったら、「ありがとうございます」とほんのわずかだけど、目が揺らいだ気がした。ひょっとしたら、嬉《うれ》しいのかもしれない。

「陛下には最後に〝ウォッカ・マティーニ〟をどうぞ」

お皿が空になり始めたので、フェリクス王には〆のカクテル〝ウォッカ・マティーニ〟を出した。しかし、王にカクテルグラスは妙にこそばゆい。似合わないというかなんというか、ギャップがスゴい。

「これもマティーニか」

この間聞いた通り一口オリーブの実をかじり、ウォッカ・マティーニを口に含んだ。実や果実が付いてくるカクテルは、こうやって口の中で混ぜて味わう物だったりする。

「……ウォッカとドライ・ベルモットか」

「正解です」

たった二種類しか混ぜていないとはいえ、良く分かるなと莉奈は思う。自分がジュースを混ぜて作った飲み物を当てられるかと思ったら、ムズカシイ気がしたからだ。

「ドライ・ジンとは違った味わいがある」

「陛下はどのマティーニがお好みですか？」

莉奈は面白そうに訊《き》いてみた。一応今後の参考にも訊いておきたかったのもある。

「…………」

フェリクス王は眉間《みけん》にシワを寄せ、腕を組んだまま考え込んでしまった。


……ぷっ。

考え込む程、甲乙付けがたいという事なのだろう。莉奈は思わず笑ってしまった。自分の中で必死に順列を付けようとしている王が、なんだか可愛らしくて妙にキュンとしたからだ。

「あ？」

ものスゴく不服そうなフェリクス王の、舌打ち混じりの声が聞こえた。莉奈に笑われたのが心外らしかった。

確かに、訊いておいて笑うなんて失礼である。だけど、いつも無愛想で威圧感タップリの王のその仕草が、可愛くて仕方がなかったのだ。

「大変失礼致しました。お詫《わ》びに、マティーニの飲み比べセットなる物を後で御用意させて頂きます」

「……期待している」

少しだけ目を見張った後、至極満足そうに微笑んだ。

――キュン。

ナ～ニ～そ～の～笑顔‼

莉奈は表向き平常心を保っていたものの、フニャフニャと腰が砕けそうだった。そして、ついつい顔が火照りそうだったので、足を一生懸命つねっていたのであった。

第6章　ふと思う事

フェリクス王達が帰った後は、厨房《ちゅうぼう》も食堂も戦場だった。

ガーリックバターのわずかな匂いに、警備・警護兵の人達は新しい料理が出ると騒ぎ出す。

王は怖かったが、扉のガラス窓から覗《のぞ》いていた人達は、陛下の飲んでいたカクテルも、当然出るのだろうと勝手に勘違いし踊り出す。

しかし、カクテルの量はそんなにはないと知ればモメ始める。それを莉奈《りな》が、ジャンケンで決めろと宥《なだ》め鎮静化するまで、短い様で長い一日が終わった。

◇◇◇

そして、朝だけは静かに明けたのであった。

〈状態〉

いたって健康……少し疲れがみえる。

……そして下腹ポッコリ。


莉奈は朝早くから自分を【鑑定】してガクンと机に突っ伏した。

ナニこの微妙な鑑定。下腹ポッコリいるかな？

確かにまだ出ているけど‼　もうほっといて欲しい。痩《や》せたでイイじゃん！　厳しくない？

「手なんか見てどうしたの？」

朝を迎え、ラナ女官長が紅茶を淹れてくれた。

あ～朝食後の紅茶は染み渡る。

「やっぱり世知辛い世の中だな……と」

「一体なんの話をしているのよ」

相変わらずの莉奈に、ラナ女官長は呆《あき》れていた。

「そういえば、最近リナ痩せてキレイになったのだから、こういう可愛い服着たらどう？」

モニカが何処からか持ってきた、ヒラヒラとしたフリルの付いたワンピースをクルリと回して見せた。淡いピンクのお嬢様風ワンピースだった。

莉奈がいつも、地味なロングスカートかパンツルックなのを気にしているらしい。

「そんなの、由緒正しい家柄の人が着ればいいよ。モニカとかラナとかモニカとか」

食いしん坊キャラになりつつあるモニカは二度言っておく。

ラナ女官長もモニカも一緒にいて忘れるけど、良い家柄の令嬢である。だから、私のを用意なんかしなくていいから、自分で着ればイイのにと思ったのだ。

今でこそこんなフレンドリーに接してもらっているが、本来なら自分の身分とは雲泥の差がある。

立場としては逆でなければオカシイくらいだった。

「何を言ってるのよ。リナ。一度くらい着てみたら？」

「皆ビックリするわよ？」

ラナ女官長、モニカは本心からそんな言葉を莉奈に向けていた。

王妃教育に付いていけないという理由で、超優良物件の婚約者候補から自ら外れているモニカと、既婚者のラナ女官長。王や宰相の婚約者もいなくて、世話をしたり着飾らせたりする相手がいなくてツマラナイのかもしれない。

「走れないからイイ」

「「なんで走ろうとするのよ‼」」

莉奈が疲れた様に言うと、二人から鋭いツッコミが入った。

そもそもこの王宮で、緊急事態以外で、兵でもない女性がバタバタと走る事自体が大問題である。おしとやかにしていれば莉奈もドコゾの令嬢くらいに見える美貌《びぼう》があるのに、もったいないと二人は嘆いていたのだ。

「そのうち、イヤでも着るようになるんじゃね？」

いつの間にか入って来ていたエギエディルス皇子が、入り口でニヤリと笑っていた。

……だから、キミは私の旦那《だんな》かね？

さも当然の様にそこにいるから驚きである。莉奈が令嬢だったら叫び声を上げていたに違いない。

「殿下、一応ノックくらいしてから――」

「ノックもしたし、なんだったら声も掛けてたし？」

ラナ女官長が建前上注意すれば、エギエディルス皇子は苦笑いしながら歩いて来た。

どうやら、話に夢中になっていて皇子の存在に気が付かなかった様である。ラナ女官長、モニカは気が付かなかった事に、慌てて謝罪していた。

「エドが暗殺者だったら、私死んでたし」

莉奈はため息を吐《つ》くと、紅茶を一口飲んだ。

話に夢中になって侵入者に気付かないなんて、どうぞ殺《ヤ》って下さいと言っている様なものだ。

「どこの誰《だれ》がお前を殺すんだよ」

莉奈の言葉にエギエディルス皇子が呆れていた。

「……誰だろう？」

莉奈は自分で言っておいて、う〜んと首を傾《かし》げた。

……というか、この国に私を殺して利益のある人物がいない。そこまでの恨みを買った覚えも今の所はない。

「殺す意味ないや」

自分みたいな人間を消したところで、なんの意味もないや……と結論づけた。

「意味がないとか言うなよ」

仮にも一つの大事な命なのにあっけらかんと言った莉奈に、エギエディルス皇子はこめかみを押さえていた。

頭が痛いとボヤきつつ向かいに座り、ラナ女官長の淹れてくれた紅茶を一口飲む。

「エドもシレッと、いつもラナの淹れた紅茶飲んでるけど……毒でも入ってたらどうするの？」

――ブフ――ッ‼

エギエディルス皇子が、盛大に紅茶を噴いた。

「汚いなぁ」

莉奈は魔法鞄《マジックバッグ》からハンカチを出して、自分に飛んできた紅茶を拭《ふ》いていた。

「ゲホッ……お前……ゴホッ」

「だって私の作ったご飯もサラッと食べちゃうし、あまりにも危機感がないからさ〜」

そうなのだ。フェリクス王を筆頭に、なんの疑いもなく口にするから、信頼関係以前にどうなっているのか逆に心配になってくる。

別に危害を加える気は微塵《みじん》もない。だけど、初めから見ず知らずの女の作る物をホイホイ口にしていたし、危機管理は大丈夫なのだろうか。

「リナ……あなた、なんて事を言うのよ‼」

ラナ女官長もテーブルを慌てて拭きつつ、困った様に言った。

毒など入れる訳がないけど、皇子の前でなんて事を言うのだろうと思っているに違いない。莉奈の変な言葉に、万が一にでも皇子が不信感を抱いたりしたら……と困惑する。

「殿下に毒なんか入れる訳がないでしょ‼」

モニカも、エギエディルス皇子にハンカチを手渡しつつ、ハッキリ否定した。たとえ入れるとしても肯定するバカはいないだろうけど。

「まぁ、そうかもしれないけど。普通、皇子様って毒見係がいるんじゃないのかな？　って思ったから」

「今さらかよ‼」

エギエディルス皇子がツッコんでいた。

散々食べ物を作って出しておいて、そんな疑問が今さらくるとは思わなかったのだ。

「今さらだね～」

いや、以前から思ってはいたけど聞かなかっただけだった。

莉奈は確かに今さらだな……と思いつつ、紅茶にブラックベリーのジャムを入れた。

ジャムは、ものによっては出来立てが一番美味《おい》しいのだが、厨房で味見なんかしていたら、地獄を見そうなのでしていなかった。鍋《なべ》に残ってるのはすぐに取られちゃうしね。

昨日《きのう》、カクテルを賭《か》けたジャンケン大会のあとで、シュゼル皇子に渡すべくコレとアイスクリームを作っていたけど、視線が半端なく怖かったし。

勿論《もちろん》フェリクス王には、〝マティーニ〟飲み比べセットをその日のうちに執事イベール経由で渡してある。カクテルを作っていた時も酒呑《さけの》み達の視線は痛い程刺さっていた。

「毒には慣れてるし……解毒薬は一応持ってる」

すべての毒に効くわけではないけど……とエギエディルス皇子はしばらくして小さく呟《つぶや》いた。後は詳しくは言えないが、毒見的な係もいると苦笑いしている。

「慣れてるのか……皇子様も大変だね」

莉奈は心底そう思った。王族が毒に慣らされるとは本か何かで見た事はあるけど、実際にあるとは露ほども思わなかったのだ。

慣らしておかなければいけない現状がある、あったのかもしれない。

こんなに元気で可愛《かわい》い末の皇子も王族である以上、言わないだけで色々あって大変なのだろう。

なら、自分は毒など全くない美味しい物を、これからドンドン作ってあげようと思ったのである。

「ん？　飲みたいの？」

エギエディルス皇子がブラックベリーのジャムをジッと見ていたので訊《き》いてみた。ラナ女官長、モニカもガン見しているけどね。

――――コクン。

と可愛《かわい》らしく小さく頷《うなず》くエギエディルス皇子。

ラナ女官長、モニカも見れば訊いてもいないのに、ブンブンと大きく頷いていた。

「なら、二人も座って一緒にどうぞ」

苦笑いしながら、莉奈はブラックベリーのジャムの小瓶とスプーンを差し出した。

立ったままではなんだし、なんだったら一緒に飲んだ方が楽しい。

莉奈がそう勧めると、二人はエギエディルス皇子にお伺いを立て了承を得てから席についた。

「そういえば、ブラックベリーのアイスクリームまだ食べてないや……皆も食べる？」

シュゼル皇子に渡す事ばかり考えていて、味見程度くらいしかしていない。少しくらい食べてもイイだろう。

「「「食べる!!」」」

三人の嬉々《きき》とした返事が、素早く返ってきた。

ラナ女官長、モニカにしたらアイスクリームなんて初めてに違いない。

昨日ジャンケンに勝ったのが旦那のリック料理長だったら、ラナ女官長は口に出来たのだろうけど。勝ったのはマテウス副料理長だったのだ。

あの時のラナ女官長、モニカの表情《かお》は、ある意味忘れられないモノとなっていた。

莉奈は三人の熱い視線を浴びながら、ブラックベリーのアイスクリームが入った小さい寸胴を出して、アイスクリームをスプーンで器によそった。

ついでにまだ残っている、ミルク味のアイスクリームもよそう。食べ比べなんて超贅沢《ぜいたく》である。

それを見ていた三人は、瞳《ひとみ》がキラキラ……モニカはギラギラしていた。ミルクのアイスクリームはサプライズな感じで嬉《うれ》しいみたいだ。

「では、皆様どうぞ召し上がれ」

三人の前に二種類のアイスクリームを出した。

ガラスの器の上にクリーム色のミルクのアイスクリームと、淡いピンク色のブラックベリーのアイスクリームが乗っている。

ちなみに赤黒いブラックベリーの果肉は、潰《つぶ》すと濃い赤色の果汁が出てくる。見た目と違い、特に黒くはなかった。

「はぁ……念願のアイスクリーム」

余程食べたかったのか、モニカはなんだかフルフル震え涙ぐんでいる。そんなにも食べたかったのか。

「シュゼル殿下を虜にした……アイスクリーム」

まだ口にもしていないのに、ラナ女官長は〝ほぅ〟とうっとりしていた。彼女も念願が叶《かな》って嬉しいのかもしれない。

「早く食べないと溶けるよ？」

莉奈は笑いながら、まずはブラックベリーのアイスクリームを一口パクリ。

濃厚クリーミーな舌触り、ブラックベリーの果肉が所々口に入り甘酸っぱくて美味しい。ドライフルーツにしなくても、これで充分である。

これ、日本で売ったらスゴく売れると思う。苺《いちご》の味は濃いし、それに負けないくらいミルクのアイスクリームも濃厚だ。

ブランドアイスも真っ青な仕上がりだ。

「ブラックベリーのアイス……すげぇウマイ！　果肉がゴロゴロしてるのがいい！」

早速ブラックベリーの方から食べたエギエディルス皇子が、嬉しそうな声を上げた。たまに口に入る果肉が、アクセントになっているのが気に入った様だ。

「何これ……これがアイスクリーム……あぁ……」

一口含んだモニカが、感激の余り泣いていた。

泣くほど美味しいのか、念願叶って嬉しいのか……どちらもなのか。感無量って言葉が良く似合う。

「すごい滑らかで美味しい‼　これ食べたらソルベなんて……」

ラナ女官長は、口の中でスッと溶けていく初めての感覚をゆっくり堪能していた。ソルベはどちらかと云うと、味の付いた氷菓子。滑らかとはほど遠いものだからだろう。

「ククベリーで作ってもイイし。ベリー同士で混ぜても美味しそうだよね～」

なんだったらミルクアイスに、別付けの濃厚なベリーソースをかけても美味しいだろう。莉奈はやりたい作りたい事ばかりで、ワクワクしていた。

「「「それイイ‼」」」

三人がハモった。こういう時の三人は実に息が合う。

「まぁ……チョコレートがあれば、お菓子の幅が広がるんだけど……」

莉奈はアイスクリームを口に含みながら、味を思い出していた。

豆に砂糖をまぶすだけの甘味しかない国に、チョコレートは高嶺《たかね》の華だけど……。

でもあれば、ケーキにアイス、クレープと色々作れるし、なんだったらソースにして肉料理にも使えるし便利だ。

「「「チョコレートって何⁉」」」

莉奈の小さなボヤきに、三人が食いついた。

「……」

なんで呟いちゃったんだろ。莉奈は遠い目をした。

何……って、説明するのがクソ面倒くさいし。莉奈は興味に瞳を輝かせる三人を、完全に無視してアイスクリームを堪能する事にする。

どうしてこの国の人達は、私のボヤきを放っておいてくれないのかな?

「「「リ~~ナ」」」

無視なんか出来る訳もなく、ここぞとばかりに息の合いすぎた三人が、莉奈を問い詰めるのであった。

書き下ろし番外編　天然の魅了《チャーム》

「リナはいますか？」

銀海宮《ぎんかいきゅう》の食堂の窓から、シュゼル皇子がひょっこりと顔を覗《のぞ》かせた。

以前の皆ならば畏《おそ》れおののき、手が震えていた。だが、莉奈《りな》が来てからと云うもの王族達の現れる確率が断然上がったため、震えなくなっていた。

しかし、出来れば心の平穏のために来ないで欲しいと願う皆なのであった。

「昼頃には来ると言っていたので、そろそろ来るとは思いますが、呼んできましょうか？」

「ココで待ちますので結構ですよ」

そう言って厨房《ちゆうぼう》近くの席に座ったシュゼル皇子。

リック料理長は「そうですか」と笑顔で返しながら、内心冷や汗が止まらなかった。

いつも和気あいあいとしている厨房も、異様な緊張感が漂っていた。

リック料理長は厨房の窓から、たまたま廊下を歩く妻のラナ女官長を見つけ小声で呼び止めた。

「どうしたのよ？」

「シュゼル殿下がいらっしゃっているんだ。リナを呼んできてくれ」

「え？　わかったわ」

説明しなくとも、ラナ女官長はなんとなく察し莉奈を探しに向かったのであった。

「……はぁ」

リック料理長は、莉奈さえ来ればどうにかなるだろうと、ホッと一息。そして、食堂で待つシュゼル皇子の元へと足を向けた。

水一つ出さずに待たせる訳にはいかない。なので、何か飲み物でもと思ったのだ。

「んー。では、冷たい水をお願いします」

注文を訊くとシュゼル皇子が、にこりと微笑《ほほえ》んだ。

テーブルの上にはいつ出したか分からない数枚の紙が置いてあった。おそらく書類だろう。

莉奈が来るまでいくらでも待つという事らしい。

宰相という立場なのだから御自ら来ないで部下でもなんでも使って莉奈を呼び出せばイイのに

……と思う皆なのであった。

「リナはまだか……」

「まだ五分も経《た》ってないわよ」

厨房では会話も憚《はばか》られるビリビリとした時間がゆっくりと流れていた。

食堂では優雅に〝冷たい水〟を飲むシュゼル皇子。そのシュゼル皇子がゴクリと一口飲んだ瞬間

……あってはならない事件が起きた。

「んんっ？」

「い、いかがいたしましたか」

シュゼル皇子が〝冷たい水〟を口に含んだ瞬間、疑問の様な声を小さく上げていたのだ。

リック料理長、顔面蒼白《そうはく》である。あれだけ確認した筈《はず》だったが異物混入でもあったのかと。

転がる様にシュゼル皇子の元へ向かうリック料理長。

「ん――。冷たくて美味《おい》しいですね」

「え…え？」

なんだ異物が入っていた訳ではなかったのか、とリック料理長が胸《むね》を撫《な》で下《お》ろしたその時――。

シュゼル皇子の口から、耳を疑う言葉が聞こえた。

「〝マティーニ〟」

「……は？」

「大変美味しいですね？　マティーニ」

「し、失礼致します‼」

リック料理長は半ば奪う様にシュゼル皇子の手からグラスを取り匂《にお》いを嗅《か》いだ。

嗅いだ事のあるアルコール特有の匂い。

――お酒だ。

――何故《なぜ》ナゼなぜ⁉

リック料理長の頭は大混乱である。

〝水〟と言われ〝水〟を出した筈。なのに何故カクテルの〝マティーニ〟にすり替わったのか。

唖然呆然《あぜんぼうぜん》のリック料理長の目の前に、美貌《びぼう》の麗人が現われた。

そう〝麗人〟である。シュゼル皇子の色香は、もはや性別をも超えた美しさであった。

「リック」

「……はひ」

「いつも美味しい食事をありがとうございます」

そう言ってシュゼル皇子はリック料理長の頭を優しく撫でた。

——ボン。

リック料理長の頭から白い湯気が上がった。

シュゼル皇子の艶《つや》っぽい瞳。色気が漂う柔らかい声。そして、ほのかなお酒の匂いと香水の優しい匂いが混ざり合い、鼻をくすぐる魅惑の香りとなっていた。

それは〝媚薬《びやく》〟の様にリック料理長を襲い、耐えきれず床にバタンと倒れたのであった。

「ど、どうすればイイんだ」

「……どうも出来ない」

「俺達では無理だ」

厨房からコソコソと覗いていたマテウス副料理長達は、なるべく視線を合わさない様にしていた。

視線を合わせれば、もはや現実に戻れなくなるのは分かっていたからだ。

シュゼル皇子の香りは【媚薬】。そして、彼の瞳《ひとみ》は【魅了《チャーム》】の魔法の様だった。

常人の我々では、太刀打《たちう》ち出来ない。


——莉奈は絶句した。

どうせまた甘味の件だろうと食堂に来てみれば、異様な色香を漂わせた御方がいた。

興味があったのは確かだ。だがそれは、経験するものではない様だ。

「え⁉」

「な、な、なんで、殿下が酔われているのよ」

莉奈を呼び行ったラナ女官長。途中で合流したモニカが莉奈の背後で固まっていた。

シュゼル皇子にアルコール類は禁忌。それを知らないリック料理長達ではない。

では何故お出ししてしまったのか。

「新米がグラスに注ぐとき、何個か間違えてたらしい」

逃げる様に出て来たマテウス副料理長が説明してくれた。

カクテル用のグラスと水用のグラスを間違え、後で注ぎなおせばイイかとそのままにしていたのだが、スッカリ忘れてしまったとの事だった。

そして、それを知らないリック料理長は〝水〟だと思い〝マティーニ〟を差し出した。

シュゼル皇子なら気づきそうなものだが、故意か不本意か謎である。

ただ今言える事は一つ。

フェリクス陛下にバレるとヤバイ。

「まかせたぞ、リナ」

マテウス副料理長が、莉奈の背中をドンと押した。

実に無責任すぎる人達だ。

「あぁ、リナ。お待ちしておりましたよ？」

「……」

マテウス副料理長に背中を押され、食堂の入口にいた莉奈は心の準備もなく見つかった。

コノヤロウと皆を睨《にら》み、渋々シュゼル皇子の元へ向かう莉奈。

一歩、また一歩と近付くにつれ、莉奈は顔がひきつり始めていた。

シュゼル皇子の周りから、甘い匂いと雰囲気が広がってきているのだ。

耐えられる気がしないと、莉奈がシュゼル皇子の数歩前で足を止めた瞬間——。

フワリと身体《からだ》が浮いた。

「は？」

莉奈は柔らかい〝何か〟に包まれる様にして、シュゼル皇子の元に運ばれた。

それは、シュゼル皇子の魔法だった。莉奈の歩みがあまりにも遅いので痺《しび》れをきらしたのかもしれない。

「〜〜っ⁉」

莉奈、大混乱である。

魔法がどうこうではなく、〝ドコ〟に運ばれたかという事がだ。

「ふふっ。リナは羽根の様に軽いですね？」

シュゼル皇子の美貌が目の前にあった。そう〝目の前〟だ。

何故なら今、莉奈はシュゼル皇子の膝《ひざ》の上に横座りでちょこんと座らされていた。

「だ――っ⁉」

莉奈は言葉にならない言葉を発し、顔を両手で覆った。

数十センチでさえ、まだ慣れていないのに目の前。そして、まさかの膝上《ひざうえ》。さすがの莉奈も撃沈だ。

顔を覆ったままの莉奈の頭を、それはそれは優しく撫《な》でるシュゼル皇子。

「何か欲しい物はありますか？」

「洋服やドレスはいりますか？　あぁ、指輪はどうでしょう」

「別邸でも建てましょうか」

シュゼル皇子は膝の上に座る莉奈の肩を抱き、反対側の手では頭を撫でたり、手に触れたりして、甘い言葉を囁《ささや》いていた。

耳元でずっと甘い甘い言葉を囁き続けられた莉奈は、許容量がすでにオーバーし、シュゼル皇子のなすがままになっていたのである。

それはまるで【蜜月《みつげつ》】まっただ中の恋人の様だったと、後に皆が語るのであった。


——十数分後。

ラナ女官長によって呼ばれたフェリクス王が救出するまで、莉奈はシュゼル皇子に甘い言葉を囁かれていたらしかった。

※そして厨房では、しばらく〝禁酒〟が命じられたのは云うまでもない。

あとがき

三巻をお取り下さりありがとうございます。

携帯からスマホに変わり、調子の悪い神山《かみやま》です（笑）。

さて本書から、竜が出てきました。実際にいたら恐怖でしょうが、竜はとにかくカッコイイ‼

本書を読んでいて、気付いた方もいると思いますが……作者が何故《なぜ》、竜は肉食獣として描かないのか。

それは、凶暴な竜＝肉食、というイメージがあるからです。この本に出てくる竜は基本、根は優しい竜。なので、肉食にはしておりません（食べられますけど）。

後は、トカゲからイメージを得て書いているせいもあると思います。

何故なら、作者の家には以前トカゲがいました。世間ではそれを飼育（ペット）と呼んでおりますね。

フトアゴヒゲトカゲ。通称フトアゴのイエローを飼って……いえ、〝同居〟していました。

なので、竜のイメージはフトアゴちゃんを連想して書いていました。

トカゲは一般的に色の識別は出来ないと、言われています。しかし、同居していると分かるのですが、少しは認識している様な気がします。
色んな色のペレット（食べ物）の中から、好きな色だけを食べていました。
家の子は橙系が好みだったので、寒色系のペレットだけがいつも残っていました。
味は同じハズなんだし、好きキライするなよ！（笑）
トカゲの話で終わりそうなので（笑）ここまでにします。

携帯からスマホに変わっただけで、知恵熱が出た作者を助けてくれた方々にお礼を。

そして、本書を制作するにあたり携わって下さったすべての方々、本書を手に取ってくれた皆様、ありがとうございます。

読者様がいるから、作者がいるのです。感謝しております。

カドカワBOOKS

聖女《せいじょ》じゃなかったので、王宮《おうきゅう》でのんびりご飯《はん》を作《つく》ることにしました 3

2020年 8 月10日　初版発行
2021年11月25日　3 版発行

著者／神山《かみやま》りお

発行者／青柳昌行

発行／株式会社KADOKAWA

〒102-8177
東京都千代田区富士見2-13-3
電話／0570-002-301（ナビダイヤル）

編集／カドカワBOOKS編集部

印刷所／暁印刷

製本所／本間製本

●お問い合わせ
https://www.kadokawa.co.jp/（「お問い合わせ」へお進みください）
※内容によっては、お答えできない場合があります。
※サポートは日本国内のみとさせていただきます。
※Japanese text only

Printed in Japan
ISBN 978-4-04-073761-4 C0093